中國古典詩詞精品賞讀

李煜

檀作文 萬希 編著

五洲傳播出版社

图书在版编目（CIP）数据

中国古典诗词精品赏读丛书：繁体版. 李煜 / 檀作文, 万希著. --
北京：五洲传播出版社, 2024.1

ISBN 978-7-5085-4989-7

Ⅰ. ①中… Ⅱ. ①檀… ②万… Ⅲ. ①李煜（937-978）－词(文学)
－诗歌欣赏 Ⅳ. ①I207.2

中国版本图书馆CIP数据核字(2022)第241300号

中国古典诗词精品赏读丛书

李煜

出 版 人：关 宏
编　　著：檀作文　万　希
责任编辑：王　峰
图片编审：迟乃义
装帧设计：田　林
出版发行：五洲传播出版社
地　　址：北京市海淀区北三环中路 31 号生产力大楼 B 座 6 层
邮　　编：100088
发行电话：010-82005927　010-82007837
网　　址：http://www.cicc.org.cn　http://www.thatsbooks.com
印　　刷：北京市房山腾龙印刷厂
版　　次：2024 年 1 月第 1 版第 1 次印刷
开　　本：710 × 1000 mm　1/16
印　　张：7.5
字　　数：50 千字
定　　价：68.00 元

編者的話

中國在歷史上是一個“詩歌的國度”，古典詩詞是中國傳統文化的奇葩。早在三千年前，我們的祖先就創作出了以“詩三百”爲代表的優秀詩篇。此後每個歷史年代，詩歌創作都結出豐碩的成果，其中不少名篇名句，膾炙人口，傳誦至今。這套“中國古典詩詞精品賞讀”書系，選取了歷史上最具代表性的詩人、詞人的優秀作品，並加以詳盡通俗的譯注、評解，試圖由此將古代中國人創造的最可珍貴的文化瑰寶介紹給當代海内外讀者。

以“國風”爲代表的《詩經》和以《離騷》爲代表的楚辭，無論是在思想内容上還是在藝術手法上，都對中國後世詩壇產生了深遠影響。中國詩歌至唐代而達到高峰，呈現出後人所稱譽的“盛唐氣象”和“少年精神”，而從李白、杜甫等詩人身上，從他們留下的詩歌中，不難看出“風”“騷”以來優秀傳統的迴響。他們都有强烈的現實關懷，關注國家、社會、民衆等問題；而這種主題，往往是詩人通過自己的人生境遇和心靈歷程去感悟，通過描繪自然界山川萬物、人間世事民情來體現的。在唐詩的輝煌之後發展起來的宋代詩歌，成就也相當高，但最能表現此年代文學特殊成就的是詞。宋代優秀的詞家把這種長短句詩體運用到出神入化的地步，那或慷慨激昂、或委婉淒清的詞作，今天讀來仍有强烈的藝術感染力。可以説，唐詩宋詞是中國文學史上最有神采的篇章。本書系介紹的詩人、詞人，如東晉的陶淵明，唐代的李白、杜甫、王維、白居易、劉禹錫、杜牧、李商隱，五代南唐的李煜，宋代的蘇軾、柳永、秦觀、李清照、辛棄疾、陸游，元代的薩都剌，等等，都是中國詩歌史上耀眼的星座。

中國古代詩歌注重抒情、寫景，善於表現友情、親情、愛情、鄉情，以及其他複雜細微的個人情感。這形成中國詩歌又一個强大的傳統。在儒家思想影響下，中國詩歌幾乎從一開始就具有“發乎情，止乎禮義”的特點，情感的表達比較克制、内斂、含蓄，有别於西方的詩歌風格。與此同時，中國詩人們又强調“含不盡之意見於言外”，善於通過各種藝術手法傳達言外之意，給讀者以無窮的迴味、想象空間。古代詩詞中的優秀之作往往寫得深情宛轉，富於形象性和音樂性，誦讀這些詩詞，可以受到多層次的藝術感染和美的熏陶。古典詩詞還善於表現自然之美及人與自然的融合。古人常説“詩中有畫，畫中有詩”，本書系中的每首作品，都配以當代畫家根據詩詞意境繪製的中國畫，通過欣賞這些詩、畫，可以更深刻地領悟到中國古代藝術作品中的詩情畫意，品味其藝術之美。

除了“詩情畫意”的特色外，本書系以各位詩人、詞人單獨成册，以更清楚地展示其不同的個性和藝術風格；各分册包括詩人小傳與作品賞析兩部分。對每篇作品的賞析，又分爲題解、句解、評解三個章節：題解交代創作背景；句解用現代語文對詩詞進行逐句意譯，對某些難懂的字詞作注釋；評解部分則提要鈎玄，對作品特色進行點評。我們的本意，首先是幫助讀者减少閱讀中的文字障礙，繼而是理解詩詞的思想内容、藝術特色和寫作技巧。

中國古代經典詩篇把漢語升華到至美至純的境界，足以使每個中國人感到自豪。這些作品是聯接所有炎黄子孫思想、情感的文化紐帶，無論身在國内，還是身在海外，優秀的詩歌對讀者的感召力都是相通的。一個喜愛祖國傳統文化的人，可能會不斷地接觸和學習祖先的這些遺産。久而久之，這些優秀文化中的一部分會積澱下來，構成每個人頭腦中一道美麗的藝術長廊，不斷給人以教益、激勵和藝術享受。我們期望，本書系所介紹的詩詞名篇能够成爲這道藝術長廊的組成部分。

本書系所介紹的詩人、詞人，都各有很多傳世名篇，限於篇幅，書中每人只選取了二三十首代表作品。限於編輯水平，書中會有種種不盡如人意之處，敬請讀者朋友提出寶貴意見。

目录

7 李煜簡介
15 漁父（浪花有意千重雪）
19 浣溪沙（紅日已高三丈透）
25 玉樓春（晚妝初了明肌雪）
29 一斛珠（曉妝初過）
33 喜遷鶯（曉月墜）
39 長相思（雲一緺）
43 搗練子令（深院靜）
47 蝶戀花（遥夜亭皐閑信步）
51 阮郎歸（東風吹水日銜山）
55 清平樂（别來春半）
59 採桑子（轆轤金井梧桐晚）
63 虞美人（風回小院庭蕪綠）
67 烏夜啼（昨夜風兼雨）
71 破陣子（四十年來家國）
77 望江梅（二首）

83 望江南（二首）

89 烏夜啼（林花謝了春紅）

93 子夜歌（人生愁恨何能免）

99 浪淘沙（往事只堪哀）

103 虞美人（春花秋月何時了）

107 浪淘沙令（簾外雨潺潺）

111 相見歡（無言獨上西樓）

李煜簡介

唐朝末年，廬州刺史楊行密占據以揚州爲中心的江淮一帶，建立吴國。楊行密死後，政權落入大將徐溫之手。徐溫死於吴順義七年（927）。十年之後，即吴天祚三年（937），徐溫的養子徐知誥廢吴主楊溥而自立，即皇帝位於金陵，定國號爲唐，建元昇元，史稱“南唐”。徐知誥自稱是李唐子孫，昇元三年，複姓李，改名昇。

中國文學史上第一流的大詞人李煜，便是南唐烈祖李昇的孫子。李昇死後，其子李璟即位，是爲“南唐中主”。李璟死於公元961年，李煜繼承君位，史稱“南唐後主”。宋開寶八年（975），南唐爲北宋所滅。

李煜（937—978），字重光，初名從嘉，是南唐中主李璟的第六子，生於南唐烈祖昇元元年（937），卒於宋太宗太平興國三年（978），時年四十二歲。

史書上説李煜生有奇表，廣額豐頰，駢齒（兩個牙齒連在一起），一目重瞳（一隻眼睛裏有兩個瞳仁），風神灑落，天資聰穎。在父親李璟的影響下，他自幼愛好詩書。南唐中主李璟雄才大略不及其父李昇，但極富藝術修養，宫中藏有豐富的墨寶典籍，身邊又有馮延巳等以文學見長的大臣。當時的南唐，在政治、軍事方面雖不及北方的後周，但文化氛圍極好。李煜從小受父兄師長熏陶，年輕時便才華横溢，多才多藝，文章詩詞，無所不能；書法繪畫，無不通曉。在諸位兄弟之中，李煜卓然出衆，深得李璟寵愛。

南唐中主保大十三年（954），李煜十八歲，和比他大一歲的周娥皇結婚。七年後李煜即位爲南唐國主，娥皇被立爲后，史稱“大周后”。娥皇是大司徒周宗的女兒，才貌雙全，通文墨，精音律，善歌舞，尤擅琵琶。《霓裳羽衣曲》是唐玄宗時名曲，至五代已成絶響，殘譜爲李煜所得。大周后根據《霓裳羽衣曲》殘譜，加以删補改定，遂能演奏。李煜的詞中，有一首《玉樓春》：“晚妝初了明肌雪，春殿嬪娥魚貫列。笙簫吹斷水雲間，重按霓裳歌遍徹。臨風誰更飄香屑，醉拍闌干情味切。歸時休照燭花紅，待放馬蹄清夜月。”詞中所寫，可以看作是李後主和大周后這對青年夫妻藝術生活的真實寫照：春殿歌舞，踏月而歸，夫妻雙方都陶醉在藝術的境界之中。李煜與娥皇不但是藝術上的知音，更是生活中的知己。這對多才多藝的恩愛夫妻，婚後過著神仙眷侣一樣的幸福生活，娥皇彈琴，李煜填詞，兩個人或在明月之下相擁低唱，或在絲竹聲中翩然起舞。他們還生了兩個天資聰慧的兒子。

可惜好景不長，在婚後的第十個年頭，四歲的次子仲宣意外夭折。不久，大周后也淒然下世，時年二十九歲。李煜對愛妻之死痛惜不已，親自草擬《昭惠周后誄》，署名“鰥夫煜”，命石工鐫刻在娥皇陵園的碑上。這篇誄文追述娥皇的端莊嫵美和出衆才華，寄託了對娥皇的懷念和哀思，情見乎辭：“昔我新昏，燕爾情好。媒無勞辭，筮無違報。歸妹邀終，咸爻協兆。俯仰同心，綢繆是道。執子之手，與子偕老。今也如何，不終往告！嗚呼哀哉！”

公元968年，李煜立周娥皇的妹妹爲國后，此即小周后。小周后比大周后小十四歲，姿容有過之而無不及。大周后病重之時，小周后進宫探望，得以與李煜邂逅相逢。她的美貌使李煜爲之傾倒。小周后的性格比姐姐要活潑得多，散發著青春的氣息。在她的身上，李煜仿佛看到了娥皇昔日的神采，對她極爲傾心。大周后還在世的時候，李煜便曾與小周后幽期相會。李煜有一首《菩薩蠻》詞紀念他們的幽會：“花明月暗籠輕霧，今宵好嚮郎邊去。衩襪步香階，手提金縷鞋。畫堂南畔見，一嚮偎人顫。奴爲出來難，教君恣意憐。”當時年方十五歲的小周后大膽追求愛情，幽會時爲掩人耳目，她放輕脚步，手裏還提著剛剛脱下的金縷繡鞋。

小周后聰明伶俐，李煜對她無限憐愛。他在《一斛珠》詞裏寫她撒嬌的樣子：“曉妝初過，沈檀輕注些兒個。嚮人微露丁香顆。一曲清歌，暫引櫻桃破。羅袖裛殘殷色可，杯深旋被香醪涴。繡床斜憑嬌無那。爛嚼紅茸，笑嚮檀郎唾。”李煜陶醉在小周后的青春氣息之中。在他看來，大、小周后姐妹二人，就如同古時一同嫁給舜帝的娥皇、女英兩姐妹，是上天對他的恩賜。美麗、聰慧的大、小周后，給了李煜無限慰藉。他沉迷於奢靡富麗的宮闈生活之中。“紅日已高三丈透，金爐次第添香獸，紅錦地衣隨步皺”（《浣溪沙》），是李煜宮闈生活的真實反映。

先後擁有大、小周后兩位美豔多情妻子的李煜，過著風流浪漫的婚姻愛情生活。可是身爲一國之主的李煜，在政治生活方面却頗多不如意之處。

李煜生性天真、浪漫，文士氣有餘而帝王氣不足。他上面有五位兄長，本來没有多少繼位的可能。長兄太子燕王李弘冀是一個權力欲極其強烈的野心家。李弘冀爲人剛毅果斷，善於權謀，曾領兵在常州大敗吴越國的軍隊，因戰功而被立爲太子，參與國事。但是李弘冀獨斷專横的作風，却不爲父親李璟所喜。李璟生性仁愛孝友，即位之初即表示王位要兄終弟及，並立其弟李景遂爲皇太弟。這引起李弘冀不滿，矛盾愈演愈烈，終於發生悲劇。公元959年八月，太子李弘冀鴆殺叔父晉王李景遂。九月，李弘冀死。李煜自鄭王徙吴王，以尚書令知政事居東宫，成爲南唐王位繼承人。

李弘冀在世時，面對專横深沉的長兄，李煜不得不存一種避禍的心理。他的才華爲父親所賞識，又和大舜、項羽一樣生有异象，怎能不被長兄猜忌呢？李煜采取的策略是躲避，表明自己無意於王位。從他給自己所取的“鍾隱”“鍾山隱士”“鍾峰隱者”“蓮峰居士”“鍾峰白蓮居士”這些别號，不難看出李煜的這種立場和姿態。這個時候他寫有兩首《漁父》詞，是爲南唐內供奉名畫家衛賢繪製的《春江釣叟圖》所題。他在詞中歌頌漁隱生活，用意不外乎兩個：一是擺出無意於權力的姿態，以消除長兄的猜忌心理；二是表明自己的志趣所在，即厭憎宫廷鬥爭，嚮往自在、樂天的生活。

李煜生性恬淡，本無意於執掌朝政。他没有什麼野心，不想成就什麼政治大業，一心衹想做個飽讀詩書的賢士大夫，過浪漫風流的文士生活。可是造化弄人，偏偏讓他這個無心問政的才子做了南唐國主。他的五個哥哥都死在父王李璟的前頭。李煜二十五歲那年，父親病故，他順理成章地繼承君位，作了南唐國主。

在繼承君位之前，李煜所要解决的主要政治問題是來自長兄的猜忌，宫廷內部爭奪權力的鬥爭使他厭憎。而作了南唐國主之後，他必須承擔國主之責，來自強敵北宋的外部壓力，更讓他覺得屈辱和難以承受。

南唐中主李璟富有文學才華，早年也有所作爲，曾一度開疆拓土，將烈祖李昪傳給他的二十四州國土擴大到三十五州。但中主晚年時候，面臨北方強大的後周的步步緊逼，軍事上連連失利。後周顯德三年（956），周世宗柴榮親征南唐，兩年內即占領南唐江北大部分州縣。顯德四年（957），南唐開始奉周正朔，不再有自己的年號；第二年，李璟自請削去帝號，改稱國主。後周盡得南唐江北諸州，南唐實際已等同於附庸。公元960年，後周大將趙匡胤篡周稱帝，國號宋，建元建隆，是爲宋太祖。第二年，南唐中主李璟卒於南都洪州，李煜嗣位於金陵。李後主在治國用兵方面的才能遠遜乃父，而宋太祖的雄才大略更勝周世宗。此消彼長，南北勢力對比愈加懸殊。南唐中主李璟尚不足以與北方強敵一爭短長，叫一個性格懦弱、又不習軍事的李後主怎樣來挽救國家的頹勢呢？他所能做的，就衹有對宋年年納貢，委曲求全。李煜絕無與北宋對抗的信心，他最大的希望是能够苟且偷安，在有生之年不做亡國的俘虜而已。但他深知這一希望也很渺茫，因此一面吟詠宴游，在宮闈之中醉生夢死；一面嚮佛教尋求慰藉，大修佛寺，誦經念佛，以求精神上的解脫。

李煜在位的十五年中，侍奉北方強宋，始終小心謹慎。無論宋怎樣挾制和壓迫，他都無條件接受。宋開寶三年（970），李後主遣其弟鄭王李從善朝貢北宋，並上表請改唐國主爲江南國主，唐國印爲江南國印，宋對南唐下詔可以直呼李煜之名。次年南唐又貶損儀制，降封子弟。無論如何有辱國體，李煜都強忍下去。只是對宋太祖詔他入朝一事，他不敢輕易冒險。他非常害怕被宋太祖扣押，這種擔心有充分理由，因爲其弟李從善朝宋，便被宋太祖扣留在汴京。李煜想念弟弟，擔心他在汴京受太多的委屈，上表宋太祖，請求放從善回南唐，但是宋太祖不允許。李煜既難堪又傷心，寫過一首《阮郎歸》（東風吹水日銜山）表達這種複雜的心情。近代人俞陛雲說："詞為十二弟鄭王作。開寶四年，令鄭王從善入朝，太祖拘留之。後主疏請放歸，不允。每憑高北望，泣下沾襟。此詞春暮懷人，倚闌極目，黯然有鴒原之思。煜雖孱主，亦性情中人也。"這種評論頗中肯。

李煜雖貴爲一國之主，但時時受制於人，內心深處總免不了淒惶和哀傷。親人之間的生離死別，尤其讓他難以釋懷。雖然有美貌、伶俐的小周后陪伴在身邊，但小周后畢竟年輕，未必能如大周后那樣與他心心相印。況且受制於人的難堪與屈辱，又是那樣地難以和人訴說。因此，他這一時期的作品，瀰漫著淡淡的哀愁，細膩深婉，纏綿悱惻。如《喜遷鶯》一詞："曉月墜，宿雲微，無語枕頻攲。夢回芳草思依依，天遠雁聲稀。啼鶯散，餘花亂，寂寞畫堂深院。片紅休掃盡從伊，留待舞人歸。”這大約是在凄苦無助之際，想念那曾與他心心相印的大周后吧。又如《長相思》（雲一緺）一詞，從表面上看，是抒寫一位女子秋夜獨坐的無盡相思，但這其實不過是借他人之酒杯，澆自家之塊壘。身爲南唐國主的李煜，心境其實和那長夜無眠的女子一樣凄楚可憐。

李煜的性情或許適合做一個承平天子，他無論如何應付不了這種風雨飄搖的局面。國勢讓他絶望，讓他感到孤苦無依。他既没有對抗外敵的才能，更缺乏對抗的勇氣，他所能做的只是卑躬屈膝，可是北宋主子對他的態度，又時時讓他感到屈辱。他這一時期的作品，以情辭深婉爲特色。李煜的身份決定了此時的他不可以長歌當哭，所謂“短歌微吟不能長”。內心的凄惶和無助，也助長了他醉生夢死、及時行樂的思想。內心愈是凄惶無助，愈是要及時行樂。可是這場夢終究要醒。

相傳南唐名臣徐鉉曾面詰宋太祖，說南唐事宋，如子事父，謹小慎微，宋太祖不應伐南唐。宋太祖却說，既然是父子，怎麼可以是兩家呢？這也就是說，無論什麼也阻止不了宋太祖一統天下的雄心。李後主委曲求全，更讓宋太祖覺得南唐軟弱可欺。宋開寶五年（972），宋太祖在汴京造禮賢館，等著李後主來歸降。南唐群臣中也有一些人看出，宋太祖是不滅南唐不罷休。開寶六年，南唐內史舍人潘佑、户部侍郎李平極力勸諫李煜武力對抗北宋，可是李煜完全没有對抗的信心，他不但拒不受諫，還把潘、李二人下獄，二人先後死於獄中。開寶七年，宋太祖兩次召李煜入朝，李煜都因害怕被拘不歸而不敢前往，宋太祖遂下令征伐南唐。宋軍水陸兩路並進，進攻江南，吴越王錢俶亦派兵攻打南唐。南唐小朝廷苟延殘喘的夢想被徹底打破，李煜迫不得已，這纔下令抵抗，去開寶紀年，不奉宋朝正朔。然而這時候他已無力阻擋宋軍的脚步。

北宋開寶八年(975)十一月，南唐的國都金陵城被宋軍攻破。李煜欲自殺，不果，帶領群臣肉袒而降，與子弟、官屬四十餘人隨宋軍北上。第二年正月，李煜一行到達汴京，他白衣紗帽待罪於明德樓下，受宋封爲違命侯，官拜右千牛衛上將軍。這一年李煜正好四十歲，他從此開始了在汴京的囚虜生涯。同年十月，宋太宗即位，改元太平興國，改封李煜爲隴西郡公，但李煜的囚徒生活並未因此改觀。據《十國春秋·後主本紀》記載，太平興國二年（977），李後主自言家貧，宋太宗下詔增給月俸，並賜給他三百萬錢。雖然李煜所謂“貧”，並不見得是真正窮到了什麼程度，但比起昔日一國之君的奢華生活來說，他的臣虜生活確確實實要清苦得多。

比經濟困窘更令李煜難以承受的是孤獨和羞辱。他曾上表宋太宗，請求派舊臣潘慎修給自己做書記，却没有得到允許。南唐宫廷藏書極其豐富，南唐滅亡前夕，李煜毁掉了其中一部分。北宋滅南唐之後，將南唐宫廷藏書據爲己有，宋太宗還有意召李煜到崇文院觀書，趾高氣揚地對他說：“聞卿在江南好讀書，此簡策多卿舊物，歸朝來頗讀書否？”搶了人家的東西，還要這樣羞辱人家。文士氣質濃厚的李煜素來自許心靈高貴，幾曾受過這樣的屈辱？心靈一而再地受傷，他的悔恨無以複加。他在寄給金陵舊宫人的信中說“此中日夕衹以淚洗面”，其屈辱與傷感可想而知。他的心靈一下子變得蒼老起來，胸中鬱積了太多的今昔之感。一個尊貴的帝王，就這樣淪爲階下囚，寄人籬下，仰人鼻息，他的内心有太多的傷感和悔恨。這種種情感，都一齊涌到他的筆端。且看他寫於此期的《破陣子》：“四十年來家國，三千里地山河。鳳閣龍樓連霄漢，玉樹瓊枝作烟蘿。幾曾識干戈。　一旦歸爲臣虜，沈腰潘鬢消磨。最是倉皇辭廟日，教坊猶奏别離歌。垂淚對宫娥。”一旦歸為臣虜，那些美好的生活都成爲過去，記憶愈刻骨銘心，悔恨就愈撕心裂肺。作爲階下囚的李後主，終日以淚懺悔。逃避、屈辱和忍讓，都没有讓他擺脱歸爲臣虜的悲慘命運。他原本衹求苟活與偷安，可是最終還是失去了一切，失去了江山，失去了自由，失去了文藝生活，也失去了尊嚴。更令他難堪和倍覺屈辱的是，降宋之後，小周后被封爲鄭國夫人，隨例朝謁，常被留在宫中，飽受宋太宗侮辱，數日方被遣回。小周后回到家中，每每痛哭叫駡，令李煜痛不欲生。

所有的屈辱在李煜的内心積澱，沉重到無以複加。這位忍辱偷生的亡國之君終於也有所感憤，有所爆發。太平興國三年，南唐舊臣徐鉉奉宋太宗之命去見李後主，後主悲不能勝，長嘆道：“真後悔當時殺了潘佑、李平！”這話傳到宋太宗那裏，宋太宗於是起了殺害李煜之心。在李煜四十二歲生日時，也就是太平興國三年（978）的七月初七，宋太宗命人賜牽機藥，將他毒死。

李煜被賜死之前，早已覺悟。他選擇的抗爭方式不是帝王式的，而是文人式的。他在《虞美人》詞裏寫道：“春花秋月何時了，往事知多少。小樓昨夜又東風，故國不堪回首月明中。雕闌玉砌應猶在，只是朱顏改。問君能有幾多愁，恰似一江春水嚮東流。”他忘不了故國，忘不了亡國之恨。既然苟活對他來說已没有什麼意義，他便不再掩飾，而一任故國之思和亡國之恨奔涌在詞中。相傳他臨死之前，也就是四十二歲生日的那個七夕，他在賜第裏爲自己過生日，命從金陵跟隨自己而來的歌伎作樂，不避嫌疑，聲聞於外。這和長嘆“悔殺了潘佑、李平”一樣，觸動了宋太宗的殺機。

李煜屈辱地苟活了一生，終於在他獨有的抗爭中死去。可以說，他是以這些飽含血淚之詞，完成了靈魂的自我救贖。

李煜死後，被追贈太師，封吴王，葬於洛陽北邙山。作爲帝王的李後主，只是一個庸碌無爲的亡國之君；但作爲詞人的李煜，却是那樣才華橫溢，在中國文學史上占有重要地位。李煜流傳下來的詞作不是很多，但大部分是令人稱道的傑作。這些作品真實地反映了他一生的生活和情感經歷，尤其是晚期那些抒寫故國之思、亡國之恨的作品，字字血淚，無怪乎王國維在《人間詞話》中說：“後主之詞，真所謂以血書者也。”清代沈謙在《填詞雜說》中說：“余謂李後主拙於治國，在詞中猶不失爲南面王。”晚清王鵬運《半塘老人遺稿》也說：“蓋間氣所鍾，以謂詞中之帝，當之無愧色矣。”在詞的王國裏，李煜不愧爲一代君王，“詞中之帝”。一千多年過去了，作爲詞人的他仍被無數後人所銘記，他的詞作被視爲中國文化的瑰寶。

漁父

浪花有意千重雪，桃李無言一隊春。

一壺酒，一竿綸，世上如儂有幾人？

題解

這是一首題畫詞，是李煜爲南唐內供奉名畫家衛賢繪製的《春江釣叟圖》所題，一共題了兩首，這是其中一首。王國維對這兩首詞稍有存疑，他認爲從詞的下筆用意上看近於平凡質樸，恐怕並非李後主所作。但從李煜的生平經歷來看，在他作太子以前，他的長兄李弘冀覬覦王位，不惜毒殺叔父皇太弟李景遂。對生有异象、並深受父王喜愛的李煜，李弘冀難免存有忌恨之心。李煜借題寫《漁父》詞，表明自己對政治權力毫無興趣，或許即是出於避禍的考慮，希望長兄不要把自己當成假想的敵人，不再對自己做無端的猜忌。而且，此詞是一首題畫詞，自然要緊扣“釣叟圖”的題意，著意突出民歌風格，與李煜一貫的詞風略有不同，是可以理解的。客觀說，這首詞自然清逸，藝術上亦有可取之處。

渔父（浪花有意千重雪） 詞意圖 孫志卓 繪

【句解】

浪花有意千重雪，桃李無言一隊春

寫千重浪花如雪，加上“有意”二字，尤顯生動。接下來筆鋒一轉，寫春天桃李芳菲，色澤交融。“一隊”後著一“春”字，不僅顯示出桃李的生機，而且又透出別樣的俏皮。李煜從衛賢的畫中攝取神髓，用詞繪出明暢絢麗的意境。這兩句是景語，又是情語。用“桃李無言”對“浪花有意”，不取“桃李不言，下自成蹊”這句古諺語的喻意，而只是將景物擬人化，形成佳對，從而襯托漁父。這開端兩句雖未直接寫到漁父，但已從側面描繪出漁父的形象。畫中的主人公漁父，趁著春江水漲，駕一葉小舟，隨水順風而下。好風推舟行進，輕舟分浪飛駛，浪花迎面而來，如濺起千堆雪。漁父心中開懷，而浪花也似有意。船行浪中，兩岸桃紅李白，列隊相隨，花樹多情，漁父恬暢。這兩句詞，正是漁父行船的生動特寫。

一壺酒，一竿綸，世上如儂有幾人

這幾句是點睛之筆，正面寫出漁父淡泊瀟灑的人生境界。兩個三字句，寫好極難，須自然有力，拼湊或增減一字都要不得。而李煜處理得很好，看似信手拈來，其實也是錘煉的結果。“一壺酒”，寫出漁父的精神狀態；“一竿綸”，點明漁父的職業和身份。單說“一壺酒”，也許還可以聯想到別的人；但緊跟著說“一竿綸”，則肯定是漁父無疑了。末句突現高峰——“世上如儂有幾人”，“儂”在這裏當“我”講。這句話是漁父的自述：在塵世上，像我這樣自在快活的人，恐怕不多吧？這位釣叟，無風波之險，而有自然之樂，在自己的糊口生涯中找到樂趣。他擺脫世俗的羈絆，避開名利的枷鎖，自在逍遥，誰不羨慕呢？

評解

詞史上最早寫《漁父》詞的，是唐代的張志和。李煜這首詞繼承張志和的“漁父家風”，寫漁父的快樂逍遥。開篇選取兩個場景來表現漁父的生活環境，一是江中，一是岸上。江中，千重浪花翻滾如雪，一望無際，境界闊大。浪花翻滾，本屬“無意”，而詞人偏說它“有意”，就寫出了漁父與大自然的親和感。江濤有意捲起雪浪來娛樂漁父的身心，襯托出漁父心情的快樂輕鬆。岸上，一排排的桃花李花競相怒放，把春天裝點得十分燦爛。江中岸上所見，盡是美景。接著寫漁父的裝束和生活，身上挂著一壺酒，手裏撑著一根竿，想到哪兒就把船撑到哪兒，想喝酒隨時都可以喝上幾口，高興了就唱首漁父歌，多自由，多快活！“這世上像我這樣的自由人，能有幾個呢？”結句以第一人稱的口吻寫出，實際上表達了作者對漁父的豔羨之意，就像王維《渭川田家》詩裏所說的“即此羨閑逸”。李煜本是文士氣很重的人，他一直嚮往自由自在的生活。更何况此時他在宮廷生活中無端被人猜忌，於是愈發豔羨漁父的逍遥、樂天生活。

浣溪沙

紅日已高三丈透，
金爐次第添香獸。
紅錦地衣隨步皺。

佳人舞點金釵溜，
酒惡時拈花蕊嗅。
別殿遥聞簫鼓奏。

題解

這首詞是李煜對自己帝王生活的生動刻畫，真實地再現了酒醉歌迷、縱情聲色的宮廷生活。整首詞描寫精細，情景逼真。

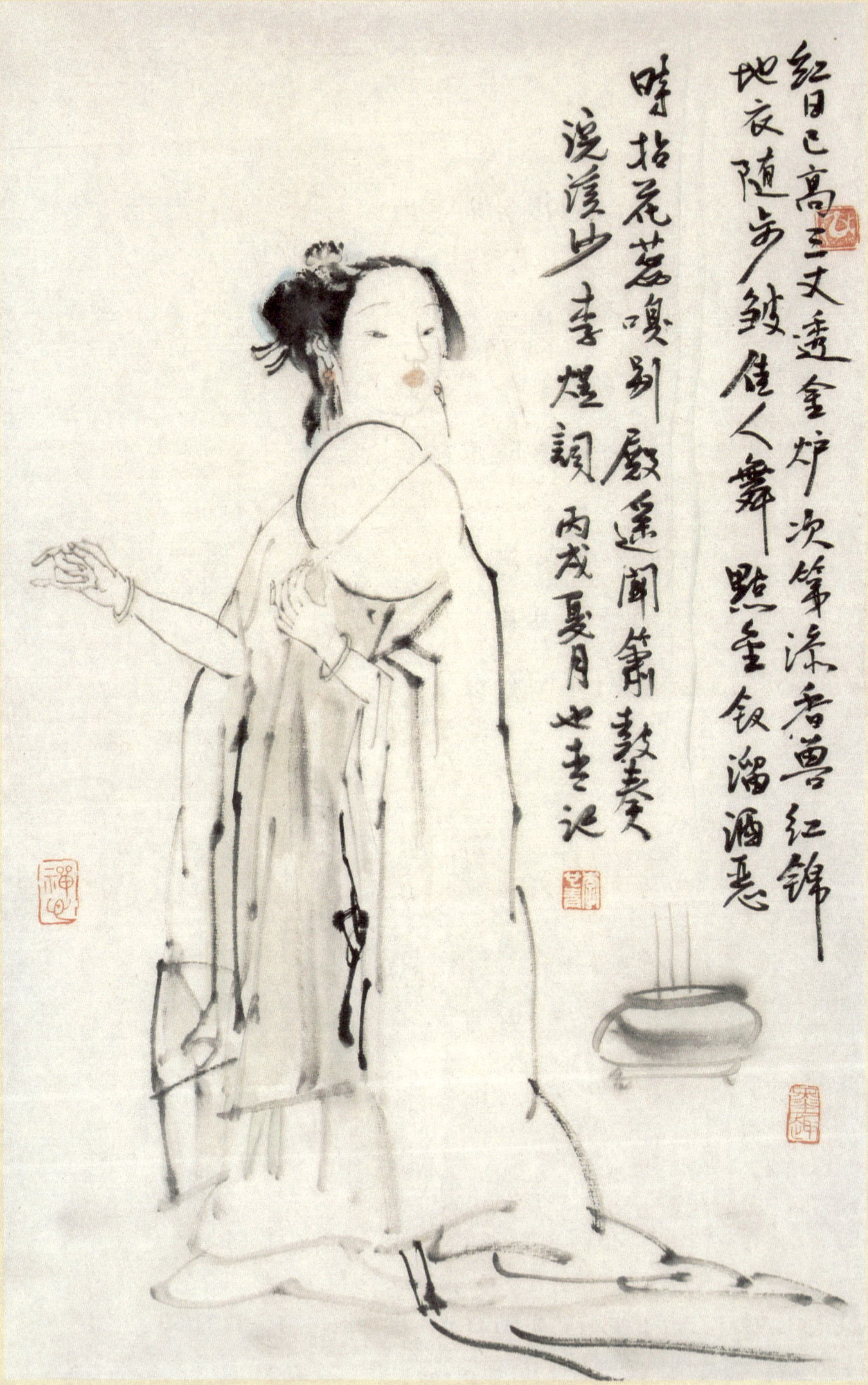

浣溪沙（紅日已高三丈透）詞意圖 李也青 繪

【句解】

紅日已高三丈透

太陽高高升起，正透過薄薄的帷幕射進宮來。“一日之計在於晨”，對普通人來說，這是一天中最爲寶貴的時刻。而此時的帝王家又是怎樣一番情景呢？是早朝方罷，還是晏睡剛醒？身爲君主的李煜，早已經荒廢了政事，此時不過是通宵達旦歡愉過後的片時小憩，衹待精神恢複，便要接著繼續享樂。這一句主要點出時間。“三丈”，即所謂“日上三竿”，說明時間已經不早，快到正午時候了。寫紅日，用一個“透”字，突出了陽光的強烈，下筆十分有力。

金爐次第添香獸

暮去朝來，爐中香料漸漸燃盡。宮中的侍女們開始逐次往這些金爐中添加香料。“金爐”，金屬鑄成的香爐；“香獸”是用炭末勻和香料，再做成獸形；“次第”兩個字寫添香，不僅體現出侍女們從容優雅的姿態，而且造成一種絡繹不絕的場面，由此可以想見金爐數量之多。香料燒完，又得往香爐裏添加，可見時間延續得相當漫長。侍女們如此忙碌，到底是為了什麼呢？

紅錦地衣隨步皺

用紅錦織成的地衣，被紛遝的脚步踩得都打起了皺。“地衣”是古時候鋪在地上的紡織品，如同今天的地毯；這裏的地衣是用紅錦織成的，益顯其富貴氣象。“隨步皺”的“步”，有人理解爲往來侍女的脚步，有人認爲是舞女們的舞步。兩種說法都可取。不過紅錦在當時是相當貴重的，屬於進貢物品，不會隨處都鋪設，衹在宮廷的特殊場合作專門之用，比如在宮女歌舞的時候鋪設，如此看來，“步”解釋爲舞步或許更爲合理。

佳人舞點金釵溜

音樂或緩或急，而佳人隨著音樂起舞，游刃有餘。衹見她時而緊促，時而舒展，時而旋轉，真是千嬌百媚，宛轉婀娜。舞到沉酣盡興的時候，她突然來了一個急速的旋轉，髮髻鬆散，以緻頭上的金釵竟然滑落下來。關於“舞點”，說法不一，有人認爲“點”是節拍，“舞點”即是舞步的節拍；也有人將“舞點”解釋爲“舞透、舞徹”，即舞者進入高潮，舞得酣暢淋漓，忘乎所以，舞到了極緻。描寫佳人舞姿出衆，而抓住“金釵溜”這樣一個看似不完美的細節，所謂頰上三毫，藝術效果便更加鮮明靈動了。

酒惡時拈花蕊嗅

這一句寫的是君王和嬪妃們欣賞歌舞時的情態。“酒惡”，指酒醉，也即“中酒”。酒醉中的人兒，不勝酒意，叫侍女摘來鮮花，時不時放在鼻前聞嗅，用鮮花的香氣來消解酒意。“酒惡”是當時江南俗語，因此有人稱這一句是“用鄉人語也”。這種吸收口語入詞的手法，在當時頗爲普遍，它使得詞這種詩體更加貼近生活，增加了詞的生動意味。這一句歷來被認爲是描寫入神的佳句。“拈”和“嗅”兩個動詞尤其具有戲劇意味，把一種盡情嬉戲却仍未滿足的情態傳神地表達了出來。

別殿遥聞簫鼓奏

這裏已是歌舞喧騰，此時又遠遠地聽見別的宫殿傳來簫鼓陣陣。可見這樣的輕歌曼舞已經瀰漫整個朝廷。歌舞昇平，狂歡達旦，其繁華奢靡、及時行樂之狀可想而知。

評解

這首詞極力描繪宫中奢華的生活場景，將聲色豪奢、風情旖旎的畫面鮮明地展現在讀者眼前。詞中主要寫白日裏舉行的一場宫廷舞會，細緻地刻畫宫廷舞臺富麗堂皇的布置，生動地狀寫舞女們輕盈靈動的舞步和嫵媚婉轉的姿態。詞中還記錄下了佳人舞罷歡飲、醉後撒嬌的情形。詞中展現的是一系列有關聯的畫面，把它們串連起來，便宛如一軸宫廷舞會長卷。能把宫中生活寫得如此傳神，自然非身兼國君與詞人兩重身份的李煜莫屬。宋人陳善在《捫虱新話》裏評價這首詞説：“帝王文章，自有一般富貴氣象。”説得很到位。

詞的起首，從“紅日已高三丈透”領起，暗示這是一場通宵達旦的舞宴。這是外景。接下來鏡頭自然地轉嚮宫廷内，“金爐次第添香獸”，這一句除了描繪宫廷的豪奢氣派之外，還表現出舞會熱鬧喧嘩的氛圍。宫中倦寢晏起的生活可想而知。然後鏡頭再次轉換，給了一個局部特寫，“佳人舞點金釵溜”，這個特寫突出了舞會的焦點，那技藝出衆的舞女。“酒惡時拈花蕊嗅”，鏡頭又轉嚮觀看歌舞的觀衆，著重寫皇宫貴族們歡娱暢飲的神態。詞的收束“別殿遥聞簫鼓奏”，和起首兩句相呼應，又回到了外景，而且鏡頭漸漸拉遠。由結句我們可以想見宫廷中是一片歌舞昇平的景象。南唐小朝廷太平時代的繁華氣象和當時朝廷貴族們醉生夢死的生活狀況，可以從這首詞中窺見一斑。後主這首詞可以說是其奢華生活的實錄，在描寫上十分真實、貼切，“作者自寫其得意，爲穆天子之樂未央，適示人以荒宴無度”（俞陛雲《唐五代兩宋詞選釋》）。衹有後主這樣的身份，纔能表現此等天子之樂。至於內容上的“荒宴無度”，後人盡可以將其看作反面教材。

玉樓春

晚妝初了明肌雪，春殿嬪娥魚貫列。
笙簫吹斷水雲間，重按霓裳歌遍徹。

臨風誰更飄香屑？醉拍欄干情味切。
歸時休放燭花紅，待踏馬蹄清夜月。

題解

《霓裳羽衣曲》爲唐代著名舞曲，由開元中河西節度使楊敬忠進獻。到五代時，這首名曲已瀕於失傳。李煜得到了它的殘譜，由精通音律的大周后重新整理之後，又可以演奏。這一篇主要描繪當時在宮廷中排演此曲的情景，可以說是一場大型宮廷歌舞表演的實錄。

玉樓春（晚妝初了明肌雪） 詞意圖　廖鬆崗 繪

【句解】

晚妝初了明肌雪，春殿嬪娥魚貫列

剛剛施完粉黛的嬪妃們光鮮亮麗，肌膚如雪一般潔白明豔；衹見她們一個接著一個地排列於御殿之上，等待舞樂的響起。“晚妝”是專爲歌舞夜宴而施，色澤自然是十分濃麗光亮。特意施晚妝表演，令人聯想到樂舞的盛大。“明肌雪”形容肌膚之美，溫庭筠詞中有“鬢雲欲度香腮雪”（《菩薩蠻》），韋莊詞中亦有“皓腕凝霜雪”（《菩薩蠻》），均以雪來比喻女子肌膚的白滑柔嫩，給人以鮮活的感覺。“春殿”點明了時節和地點。“魚貫列”，指宮女們依照次序排列著。因爲像魚兒游水那樣一條挨著一條前後連接的樣子，故稱作“魚貫”。參加歌舞的嬪娥數量之多，可想而知；但她們的隊伍仍是那麼次序井然、有條不紊。

笙簫吹斷水雲間，重按霓裳歌遍徹

笙簫奏起，樂聲悠揚，吹到極緻之處，宛如飄蕩于水雲之間一般，餘音繚繞、千回百轉，猶如天籟。《霓裳羽衣曲》奏過了一遍，却意猶未盡，於是叫樂工將所有的曲目一遍又一遍地重加演奏，直到意興闌珊。“笙”“簫”是兩種管樂器；“吹斷”意思是吹罷、吹盡。音樂雖然停歇了，但是依舊餘音在耳，綿延不斷，人們仍舊沉浸其中。“水雲間”可以是遠水天雲，遥遥相接；也可以是行雲流水，閑澹自然。古人愛用“水雲”來形容音樂美好，如同仙境仙樂一般令人心醉。“按”，即演奏之意；“遍”，大曲一叠叫做一遍。《霓裳羽衣曲》散序六遍，中序以下十二遍，前六遍無拍不舞，後十二遍有拍而舞。“徹”指的是樂曲的最後一遍，是曲子的“終”“末”，其音調高亢而急促。這一句寫歌舞樂聲，極盡描摹之能事，引人入勝。

臨風誰更飄香屑？醉拍欄干情味切

一陣清風拂來，百合淡淡的香氣頓時瀰漫了整個宮殿，這香味究竟是從哪兒飄來的呢？李後主覺得是那麼地愜意，痛飲至酣醉，手拍著欄干，沉溺於深切的情味之中，心醉神馳。李後主宮中設有專門的主香宮女，其主要職責便是焚香、飄香，使宮殿保持芬芳清馨。“香屑”一般由花粉研製而成，此處指的是百合花香。香氣臨風飄散，瀰漫開來，風助香飄,用一個“臨”字，尤顯靈動。“醉拍”描摹愜意情態，入木三分，讀此二字，彼時情景儼然在目。

歸時休放燭花紅，待踏馬蹄清夜月

這一句寫的是歌舞結束，李後主稍作修整，準備起駕回寢宮的情景。他餘興未已，還不忘吩咐侍衛們："回去的路上千萬不要點燃燭光，朕要騎著馬兒，踏著這清澈如水的月光緩緩歸去。""踏"字用得十分巧妙，不僅讓人聯想到馬蹄清脆的聲音，而且想到詞中主人公仿佛是踏著一片清幽的月色歸去。可以看出，李煜不是一位祇會縱情於聲色的君王，他還是很有藝術氣質，很會享受生活之中另外一種情趣的。

評解

明代沈際飛《草堂詩餘正集》卷一稱"此駕幸之詞，不同於宮人自敍"，說明這首詞是從李煜駕幸觀看歌舞表演這一角度展開的。這首詞主要描繪當時宮廷中排演《霓裳羽衣曲》的情景，場景宏大，色澤富麗。詞從嬪妃們明豔的肌膚、靚麗的妝容寫起，配以悠揚飄渺、直穿水雲的樂聲，引人進入一種如夢如幻的境界。下闋從人物的感受入手，"臨風誰更飄香屑"，仿佛是落花飄漾於空中的香氣，使夜晚的綺麗氣息愈發濃厚了。陶醉於美酒、更陶醉於歌舞的人兒適情快意，竟"醉拍欄干"，不能自已。整篇下筆自然真實，又不失俊逸神飛。詞的收束處寫夜宴方罷，準備踏月而歸的情形，如此收束，亦別有一種清新的韻緻。近代人俞陛雲稱："此詞極富貴……其'清夜月'結句，極清超之緻。"（《唐五代兩宋詞選釋》）近人唐圭璋也指出："'歸時'兩句，轉出踏月之意。想見後主風流豪邁之襟抱，與'花間'之偪促房櫳者，固自有別也。"（《唐宋詞簡釋》）

一斛珠

曉妝初過，沈檀輕注些兒個。
嚮人微露丁香顆。
一曲清歌，暫引櫻桃破。

羅袖裛殘殷色可，杯深旋被香醪涴。
繡床斜憑嬌無那。
爛嚼紅茸，笑嚮檀郎唾。

題解

《草堂詩餘》別集題這首詞爲“詠佳人口”，《歷代詩餘》題作“詠美人口”。這首詞可能是形容小周后的。整首詞通過描繪美人的口唇，寫出了美人的嬌憨情態，溫馨豔麗、蕩人心魄。

一斛珠（曉妝初過） 詞意圖　蕭惠珠 繪

【句解】

曉妝初過，沈檀輕注些兒個

這是一幅美人晨起施妝圖。佳人清晨起來，梳洗完畢，對著鏡子描上淡淡的妝容。當然，她最後不會忘記在唇上輕輕地點上深紅潤澤的唇膏。“初過”是指妝罷、妝成。“沈檀”，古代化妝品，其功效相當於現在的唇膏，色澤深紅，古時候女子化妝時多用它來點綴唇部。“些兒個”是方言，指一點點兒。“輕注”則使人想見，這位女子畫唇時該是多麼地用心。

嚮人微露丁香顆。一曲清歌，暫引櫻桃破

清歌之前，衹見她對來人輕啓雙唇，微露舌尖。待到唱時，雙唇隨著歌聲慢慢開合。“丁香”，又叫鷄舌香，由兩片形似鷄舌的子葉合抱而成；古人取舌、香二義比喻美人之舌，亦用以比喻小而圓的口型。這裏可以理解爲：女子嚮來人微微一笑，嘴唇似啓非啓。“櫻桃”則常用來形容女子嬌小紅潤的雙唇，白居易的詩中便有“櫻桃樊素口，楊柳小蠻腰”之句。“暫引櫻桃破”的“破”字用得尤為傳神，女子歌唱之時，點著沈檀的雙唇微啓，就像櫻桃綻開一般，這是多麼有聲有色的一幅畫面！

羅袖裛殘殷色可，杯深旋被香醪涴

這一句寫佳人飲酒，描摹尤其細微，頗見情趣。女子端起酒杯，起初是嘗試，稍稍飲了一小口；她不想紅唇被酒沾濕，於是悄悄地用衣袖按拭，因而在衣袖上便留下淺淺的唇紅。酒喝多了之後，女子更是頻頻用衣袖按拭，此時不光是衣袖，便是醇酒和酒杯上，都留下了她唇紅的痕迹。“裛”有沾濕的意思，“殘”即殘存。這是通過紅唇留下的痕迹，間接地來寫女子的雙唇。“杯深”倒未必是指酒杯有多大多深，只是用以突出女子不勝酒力的嬌態而已。“涴”有沾汙的意思，“旋”是旋即、很快的意思。兩句聯在一起，是說佳人纔用衣袖拭去唇邊的酒痕，很快又有人前來勸酒。

繡床斜憑嬌無那。爛嚼紅茸，笑嚮檀郎唾

酒喝得差不多了，女子似乎已醉意濃厚，竟自嬌慵地斜靠在繡床上。她含情脉脉地凝望著郎君，口中嚼著檳榔或是櫻桃一類的果品，一邊笑著，一邊把嚼碎的果品嚮情郎吐去。這是全詞的亮點，仍舊緊緊圍繞著女子的口唇展開。一“嚼”一“吐”兩個動作，將女子嬌縱調皮的性格展露無遺，讓人頓生憐愛之心。“紅茸”，指檳榔或是櫻桃一類的紅色果品；也有人認爲即

“紅絨”，也就是刺繡用的紅色線縷，古代女子刺繡時習慣用牙齒將線頭咬斷，唾吐於窗下。“檀郎”，對夫婿或情郎的美稱；晉潘岳美姿容，婦女皆慕其豐儀，潘岳小名兒叫檀奴，故也稱檀郎。

評解

明人潘游龍《古今詩餘醉》卷十二高度評價這首詞：“描畫精細，絶是一篇上好小題文字。”且來看整首詞：“曉妝初過”，首先表現美人的面部；“沈檀輕注些兒個”，加入了動作，並突出表現美人的小口。“嚮人微露丁香顆”，更引出了美人微笑的神情。“一曲清歌，暫引櫻桃破”，這個鏡頭有聲有色，將歌聲脱口而出的動態描摹得生動异常。“羅袖裛殘殷色可，杯深旋被香醪涴”，拂袖、舉杯，由點及面，目的全在烘托小口。“繡床斜憑嬌無那。爛嚼紅茸，笑嚮檀郎唾”，不僅展示出美人的全身，還捕捉到她特有的調皮表演，把集中歌詠的一點（口唇）融化于整體（佳人）。清人李佳在《左庵詞話》中，將這首詞中的“爛嚼紅茸，笑嚮檀郎唾”一句，與李清照詞“倚門回首，却把青梅嗅”，以及汪肇麟詞“待他重與畫眉時，細數郎輕薄”，一併評作“皆酷肖小兒女情態”。整首詞以寫美人口爲主，以美人的姿態服飾作爲襯托，刻畫出這位美人的“小兒女情態”。美人的顏色服飾、音容笑貌，無不描畫精細，如見如聞。

喜遷鶯

曉月墜，宿雲微，無語枕頻欹。
夢回芳草思依依，天遠雁聲稀。

啼鶯散，餘花亂，寂寞畫堂深院。
片紅休掃盡從伊，留待舞人歸。

題解

這首詞寫對所愛女子的思念。整首詞纏綿悱惻，一往情深。前半闋寫夢回初醒，心緒不安，回想夢中的情景，更加惆悵悲涼。後半闋寫凄清的暮春景色中詞人孤寂的心理。寂寞堂院、落紅滿地，詞人面對的竟是這樣一幅蕭條景象。有人認爲這首詞是李煜寫給已逝的昭惠皇后（即大周后）的，從整首詞的哀惋情調看來，頗爲可信。

喜遷鶯（曉月墜）詞意圖 徐震時繪

【句解】

曉月墜，宿雲微，無語枕頻攲

剛剛從夢中醒來，墜月餘暉，微雲抹岫。詞人的心境不寧，衹能默默無言地在枕上輾轉反側。前兩句以景語表現了夢醒後的惆悵。“宿雲微”，指夜間布於天空的雲散開了。“頻攲”是指一再地傾側，可見詞人的心情是多麼煩亂，難以再度入眠。

夢回芳草思依依，天遠雁聲稀

詞人睡眼惺忪地遥望天際，回想夢中的情景，感嘆芳草美人，情思無限依依；天邊雁陣愈行愈遠，雁聲稀落，書信難憑。詞人夜裏總是睡不安穩，夜夢縈回，所思念的人兒夢裏仿佛剛剛相見，夢醒又複杳然。這兩句將詞人入夢至夢醒的全過程及其心理狀態都表現了出來。拂曉時分，夢裏的殘痕若隱若現，讓人感到哀婉凄迷。“芳草”在詩詞中常常用來指代離愁别恨，如溫庭筠《菩薩蠻》“畫樓音信斷，芳草江南岸”，牛嶠《生查子》“記得綠羅裙，處處憐芳草”，這裏“芳草”代指的是夢中所懷念的女子。

啼鶯散，餘花亂，寂寞畫堂深院

寂寞的暮春晨景，更襯托出懷念之情的深切。此處緊承上句，從稀落的雁聲中順勢走筆，在寂寞中生出波瀾。自己一人獨處畫堂深院，孤寂得連花鳥這樣的伴兒都没有。那啼鶯自散、餘花亂落的場面，增添了冷寂的氣氛。這中間明示傷春之情，暗寓懷人之苦。“啼鶯”上接“雁聲”，“餘花”遥應“芳草”；“畫堂深院”則是“夢回”寄情的處所。詞人從視覺和聽覺兩方面刻畫出寂寞的環境。

片紅休掃盡從伊，留待舞人歸

結尾兩句從平易中拓出奇境，把“盡從伊”與“舞人歸”兩種極不協調的意象融合在一起，不僅深化了傷春之情，而且寄寓了一種美好的想象：保留下這塊落花鋪就的天然地毯，總有一天，我那可心的“舞人”歸來，我將重新欣賞到她美妙的舞姿。這十二字，字疎而意密，語淡而情濃。“片紅”滿地本很尋常，吩咐“休掃”便進了一層；“盡從伊”，又進一層；“留待”則是把眼前景象送到遠方；“舞人歸”又把遠景攝入近處。這種遞進與深入手法的交織應用，使詞句意蘊深沉綿遠。作者以“啼鶯”之實景喚起春情，而結束於“舞人歸”的虛像，藉以填補夢中的空白，間接地回應了“夢回”的失落，曲折地表達了思念伊人的深情。儘管有觸目傷心的落花，也就索性不讓人打掃了。爲什麼不讓掃去落花呢？第一，要留給歡愛的人看看，好花到了這樣的地步是多麼可惜，從而引起她的警惕；第二，要讓歡愛的人明白，惜花的人面對此景情何以堪，從而引起她的憐惜。總之，希望由此感動她，使她以後不再遠離。可是“舞人”已逝，再也不能歸來，悼亡之情徒勞而深切。詞境至此，可說寫得飄忽朦朧，烟水迷離，而又極其自然靈妙。

評解

清人陳廷焯云：“李後主情辭淒婉，獨步一時。”（《雲韶集》）這首詞寫待人不歸的相思情，很能體現這種“情辭淒婉”的特點。此詞雖然視角頻換，但意境完整。開篇兩個鏡頭，既寫户外之景，又點明時間：曉月初墜，夜雲淡散。接著鏡頭切入室內：床上主人公沉默不語，斜倚枕上，輾轉反側。室內室外兩組鏡頭叠映之後，生發出新的意味，表明主人公徹夜未眠。前三句爲實景，下面兩句爲虛景，畫面轉入朦朧夢境：主人公情意綿綿地沿著芳草地追逐心上人。但天遠地長，人既不見，連鴻雁的叫聲也漸漸稀少。傳說大雁可以傳書，鴻雁飛來，也許會帶來心上人的書信，帶來希望和慰藉。而鴻雁既已遠去，留下的仍然是失望。

下片又轉入實景，分別從聽覺和視覺角度構境。按俞陛雲的說法，“春晚花飛，宫人零落，芳訊則但祈入夢，落紅則留待歸人，皆描寫無聊之思”（《唐五代兩宋詞選釋》）。户外黄鶯婉轉歌唱，攪碎了清夢。過片寫鶯聲破夢，自然而巧妙地將上下片所寫情景銜接成一個整體，結構上似斷實連。花亂，是主人公開窗所見之景，又象徵性地寫出主人公心情的凌亂失望。“寂寞”一句，鏡頭在室內和深院來回閃現，展現的盡是空虛與寂寞。“片紅休掃”，表現出主人公的失望和憂怨，自己既無人關愛，哪管它花落與花開？結句乍看似乎充滿希望和期待，哀而不傷。但如果想到，抒情主人公和“舞人”昭惠周后之間是死別，而非生離，則不難想見，在痴情而無望的等待背後，留給詞人的將是無盡的哀傷。

全詞婉約而不纖細。“曉月”是高景，用一“墜”字使之下沉；“宿雲”是大景，用一“微”字使之縮小；“天遠”，則用“雁聲”使之接近。這些景象又都傳送到“無語頻欹”的孤枕之上，爲詞人耳目所及。又如“啼鶯”“花亂”“深院”“片紅”以至“畫堂”“舞人”，均纖麗纏綿，具有婉約之氣。而這些景象也都是孤枕之上那位抒情主人公所見所想的，他的思緒既執著，又飄逸。在大詞人的筆下，無論大小、遠近、高低、巨細的景象，一經攝取，加以點染，即成完美的藝術精品。至於其運用之妙，恰如行雲流水，無迹可尋。

長相思

雲一緺，玉一梭。
澹澹衫兒薄薄羅，輕顰雙黛螺。

秋風多，雨相和。
簾外芭蕉三兩窠，夜長人奈何。

題解

這首小令抒寫一位女子獨坐秋夜的無盡相思之情，整首詞自然渾成，情詞凄婉。

長相思（雲一緺）詞意圖　蕭惠珠 繪

【句解】

雲一緺，玉一梭

這兩句從細處著眼，描摹女子的頭髮與頭飾，極富形象性。“雲”，形容女子髮髻如雲。“玉”，指女子的頭飾。讀者仿佛可以看到一位美貌的女子的畫像，祇見她將長髮挽成當時時髦的樣式，髮髻上頗費心思地插上了梭形的玉簪。

澹澹衫兒薄薄羅，輕顰雙黛螺

這裏繼續描寫女子的衣著。“澹澹”即“淡淡”，指衣衫的色調淡雅；“羅”當指“羅裙”；“薄薄”二字則著意寫出紗綢質地羅裙的特質，從而展現了佳人淡雅的韻緻和輕巧的身姿。祇消從對女子衣著的描繪，便可以想象出其綽約的風姿。“螺黛”，古代婦女用以畫眉的一種顔料，又名螺子黛，在此處借指女子的雙眉。這位佳人雙眉微皺，似乎含著淡淡的幽怨。這一句巧妙點出女子的性情，一幅優美的仕女圖頓時活了起來。女子輕顰的雙眉，隱隱傳出一種不安；著一“輕”字，暗示著女子對這種不安刻意加以壓制，祇讓這種焦慮似有似無地表現出來。由此我們更可以知道女子心中頗有分寸，她不願讓這種幽怨情緒肆意地發泄，因爲她知道，即使將這種情緒盡情宣泄出來，也是徒勞。

秋風多，雨相和

“秋風”、秋“雨”表面寫環境的蕭瑟，其實更襯托出女子孤寂幽怨的心境。這樣一個秋天的夜裏，窗外風雨瀟瀟，雨雜風聲，風助雨勢；而這位正是大好年華的女子獨坐守空房，心中該是怎樣的滋味？李白有一首詩《怨情》：“美人捲珠簾，深坐顰蛾眉。但見淚痕濕，不知心恨誰。”詩的後兩句，恰好可以作爲這首詞中女子情態的註脚。

簾外芭蕉三兩窠，夜長人奈何

珠簾也不曾捲起，祇聽見窗外風捲雨絲，落在芭蕉葉上，發出滴滴嗒嗒的聲響；女子聽著，覺得這聲響竟也同自己的心境一般淒凉哀怨，心情不免被攪動得更是苦悶。長夜漫漫，雨打芭蕉的聲響更加重了夜裏的幽淒冷寂，而它似乎没有絲毫停歇的意思，女子不由得感嘆“夜長人奈何”，長夜難寐，孤寂的人兒哪里禁受得住這般秋風秋雨的侵襲，而深閨獨坐，更令人難以消受，於是她終於道出了發自内心的感嘆。這首小令到此戛然而止。仿佛這女子欲訴又止，一聲感嘆剛剛發出，便又收住。她没有說出的是什麽，就要由讀者自己來想象和填補了。

評解

整首詞可以看作一幅清淡素雅的仕女畫，而畫中的女子又是不勝幽怨的。清人陳廷焯《閑情集》卷一評此詞“情詞凄婉”。讀開篇三句，情調悠揚而輕快，使人誤以爲抒情主人公是一位風姿綽約，正沐浴在愛情春風之中、吸吮著愛情甘露的得意之人。豈料第四句急轉直下，原來她眉間心上都鎖著愁怨，是一個内心壓抑苦悶的失意者。詞的情調也一變而爲凄婉，從而産生亭峰突變的審美效應。

如果說溫庭筠的《菩薩蠻》（小山重叠金明滅）像是油畫，濃筆重彩，那麽李後主這首詞就是素描。開篇幾筆勾勒，就勾畫出抒情主人公的動人形象。雖然溫庭筠愛濃色，李後主愛淡彩，情趣各异，但李後主還是受到溫氏内在的影響。本詞下片的構思、意境，與溫庭筠《更漏子》詞的下片“梧桐樹，三更雨，不道離情正苦。一葉葉，一聲聲，空階滴到明”相比，頗有神似之處。

注意人物的造型，是此詞的又一特色。《古今詞統》卷三引徐士俊語，認爲“‘雲一緺，玉一梭’，緣飾先佳”。詞人抓住女主人公的髮型和服飾特點著力描寫，使人眼前爲之一亮。“雲一緺”的髮型，雖然我們現在無法具體想象，但在當時肯定是一種時髦的式樣。“澹澹衫兒薄薄羅”的衣著，也能讓人想見女主人公天然的風韻和青春的活力。上片的人物肖像描寫，對表現人物内心世界有重要作用。環境、人物、外形、心理，和諧統一；輕淡的筆調、明潔的語言，與詞人筆下女主人公素淡天然、玲瓏剔透的風韻也達成統一。這詞從表面上看是寫一個獨坐相思的女子，但如果考慮到詞牌名以及詞的内容，並將它們和李煜的身世結合起來看的話，大約亦可視爲追念昭惠周后的悼亡之作。

搗練子令

深院静，小庭空，斷續寒砧斷續風。

無奈夜長人不寐，數聲和月到簾櫳。

題解

這首小令的主要内容是寫秋夜聽砧，與詞牌名《搗練子令》相一緻。内容與詞牌一緻，這樣的詞通常被稱作本義詞。“搗練”，古代婦女將生絲織成的絹用木杵搗軟，加工製成熟絹，衹有用這種熟絹纔能裁制衣服。以“搗砧”或“搗練”爲題材的作品，在古代詩歌中十分常見，多用以表達游子思婦的相思之情。這首詞的主人公正是因爲愁思萬千而無法入眠，於是在秋風蕭瑟的夜裏獨坐居處，聽取夜風中傳來的搗練之聲。

搗練子令（深院靜）詞意圖　王興華 繪

【句解】

深院靜，小庭空，斷續寒砧斷續風

這是一個靜悄悄、空蕩蕩的深庭小院，衹能聽見隨著秋風不時傳來的搗衣聲，時斷時續、若有若無。主人公此時此刻，恐怕正獨自一人，徘徊於這樣幽靜寂寥、空蕩淒清的環境之中；四周的絶對安靜，襯托出主人公心中無盡的寂寥。惟有如此，遠處斷斷續續的搗衣聲纔會清晰地傳入他的耳中。這種以動寫靜的意境，與南朝梁王籍詩“鳥鳴山更幽”之類一脉相承。但作者借用這種手法，並不單單是爲了寫景。

寫“深院”，暗示主人公的行居是深居簡出，絶少與外人打交道。而“小庭”則表明主人公的身份，他的生活並不是十分安逸奢華。這位詞中的主人公，應該並不是李煜自己，或者說，衹是他擬想中的自己。“寒砧”其實已帶有聽者的主觀色彩，可以想象此人心中有所鬱結，或是憂思，或是懷人。表面看來，主人公衹不過是聽到了幾聲斷續的砧聲，但是因爲他身處的孤寂淒清的環境，使得他聽到這種單調的搗練聲生發出了相思别離之情。“斷續”在同一個句子中接連出現兩次，却不顯得重複纍贅。因爲搗練聲是從很遠的地方傳過來的，加上秋風時強時弱，時有時無，因此主人公聽到的也是斷斷續續的聲音。“斷續寒砧斷續風”，將風與寒砧兩者之間的關聯交代清楚；而且兩個“斷續”連用，起到一種回環往複的效果，從音律的角度來説也十分動聽。

無奈夜長人不寐，數聲和月到簾櫳

季節已經到了深秋，夜晚也一天一天地變得更加漫長。這樣的長夜，教孤寂的人如何安然入睡呢？他衹有默默地數著遠處不時傳來的搗衣的聲響，呆呆地望著如水的月光一點兒一點兒地爬上簾櫳。到這裏，詞人的筆鋒陡然一轉，由環境描寫轉嚮對人物的刻畫。夜那麽深了，砧聲却仍舊在斷斷續續地響著，攪亂了主人公的萬千思緒。清秋的月光，伴隨著搗練的聲響，這兩種都具有“淒清”氣質的物象，交織著觸動主人公的思緒。聲音和視覺交互渲染，聲色交融，加倍地襯托出主人公的孤獨與傷感。“無奈”一詞，透露出主人公此時的心境，是紛亂不安，也是惆悵滿懷。如同“無奈朝來暮雨晚來風”一樣的憂愁情懷縈繞於心頭，令人夜不能寐。所謂“長夜”、所謂“砧聲”，其實都不過是爲失眠而找的藉口。真正的原因，自然還是在於“不寐者”内心的躁動。

評解

俞陛雲《南唐二主詞輯述評》評這首詞說：“通首賦擣練，而獨夜懷人情味，搖漾於寒砧斷續之中，可謂極此題能事。”這首詞吟詠詞調名的本義，通過寫擣衣聲來刻畫“不寐者”心中的惆悵不安，可以說將《擣練子令》這一詞牌的本義發揮得淋漓盡緻。詞人首先用聲響來營造氛圍，空曠寧靜的深院小庭中，斷斷續續傳來遠處的風聲、擣衣聲。接下來寫“不寐者”的心理，長夜難耐，寒砧不斷，越發令人難以入眠。結句清冷的月光穿透簾櫳，也點出了“不寐者”望月懷人的的幽怨情懷。寒風陣陣、砧聲斷續、月照簾櫳，伴著那些無奈的思緒，一層一層地嚮這位“不寐者”逼近，他的離愁别恨也隨之逐漸瀰漫和展開。這樣匠心獨運的構思，可稱得上“自然高妙”。李煜作詞構思縝密、安排恰當，十分講究遣詞造句、結構佈局，但讀來又使人覺得自然流轉、不事雕琢、意摯情深。這種洗盡鉛華的樸實之美，大概衹有如李後主這般的詞中聖手方可做到。

古代婦女常常在秋季便開始裁製冬衣，以便寄贈遠人。而製衣過程中，砧上擣衣這一環節往往最是單調，同時也最具象徵意義。這種重複單調的擣練聲被一代又一代詩人詞人納入作品當中，久而久之，遂成爲游子思婦相思的一種典型意象。比如南朝梁何遜的《贈族人秣陵兄弟》：“蕭索高秋暮，砧杵鳴四鄰。”唐李白的《子夜吴歌》：“長安一片月，萬户擣衣聲。秋風吹不盡，總是玉關情。何日平胡虜，良人罷遠征。” 當然還有杜甫的《秋興八首》之一“寒衣處處催刀尺，白帝城高急暮砧”，以及《暮歸》“客子入門月皎皎，誰家擣練風淒淒”，等等。李煜這首詞由“聞砧”起興，引出“夜長人不寐”的情思，完美地詮釋了詞調《擣練子令》的本義。假如說詞中那位夜長不寐的主人公即是李煜擬想中的自己，那麼他所思念的那個人，應該就是已逝的大周后。

蝶戀花

遥夜亭皋閑信步。
乍過清明，早覺傷春暮。
數點雨聲風約住，朦朧淡月雲來去。

桃李依依春黯度。
誰在鞦韆，笑裏低低語？
一片芳心千萬緒，人間没個安排處。

題解

這首詞見於《花庵詞選》《類編草堂詩餘》《詞的》《古今詩餘醉》等選本，其調名之下均題“暮春”。此詞一説為李冠所作，見楊繪《時賢本事曲子集》；一説爲歐陽修作，見《歐陽文忠公近體樂府》。而比較權威的《尊前集》《花草粹編》《全唐詩》《歷代詩餘》等均認爲係李後主所作，今從之。本篇觸景生情，由清明前後所聞所見，引發懷人情思。

蝶戀花（遥夜亭皋閑信步）詞意圖　廖鬆崗 繪

【句解】

遥夜亭皋閑信步。乍過清明，早覺傷春暮

起句“遥夜亭皋閑信步”如一把鑰匙，開啓了全詞的題旨。“遥夜”即長夜，交代主人公閑來信步的時間，長夜漫漫，縱然不是深夜，但也决不是暮色初上之時了。所行之地是“亭皋”，即城郊有宅舍亭台的地方。詞人在“信步”前用的是一個“閑”字，我們仿佛看見主人公獨自一人，在城郊荒蕪的亭台之間“施施而行，慢慢而游”，隨意舉步。“乍過清明”，說明清明剛過，而主人公却早早開始“傷春暮”了。看來他的傷感並非完全由於春光迅速老去，或許他是在感嘆年華易逝，生命短暫吧。由此也可想見“閑信步”中所含的排遣内心抑鬱的用意。

數點雨聲風約住，朦朧淡月雲來去

與前面幾句相比，這兩句詞中抑鬱“傷春”的情愫似乎變得稍微輕了一些。“數點雨聲”，比前人寫過的“有時兩點三點雨”，還有後來辛棄疾夜行黄沙道中的“兩三點雨山前”，都稍大一些。尤爲可喜的是下面用“風約住”三字接住：“數點雨”而有聲，這雨似乎還不小；只是突然一陣略帶寒意的春風吹過，倏忽間，雨便止住了。這時，衹見月色朦朧，浮雲在夜色中自由流淌。這兩句寫景的妙處，在於它表達了“信步”之人方纔因“春暮”引發的感傷，至此得到緩解，他突然體會到一陣舒暢，這種心情的轉變寫來極其自然。

桃李依依春黯度，誰在鞦韆，笑裏低低語

雖說這時已經過了桃李盛開的季節，但桃李的餘香依舊。主人公此時已經被微雨清風、淡月流雲和依稀可以聞到的桃李花香所感染，他沉浸在大自然的寧靜當中，那“傷春暮”的情懷暫時退却了。“誰在鞦韆，笑裏輕輕語”是一個大轉折。主人公“傷春暮”的心情已經因春宵美景而得到緩解，他走著走著，突然感覺到不遠處似乎有女孩兒們正在打著鞦韆，嬉戲玩耍。她們笑語歡聲是那麽輕，就像是鶯吟燕語。她們談著什麽悄悄話兒呢？這些他當然聽不到，但他能真切地感受到女孩兒們的愉悦，這種美妙的情緒也正嚮他的内心緩緩流淌。

一片芳心千萬緒，人間没個安排處

從緊接著的這兩句讀者纔明白，原來由此及彼，鞦韆架那裏發生的事引起了他的萬縷相思。大概也是在這樣一個“朦朧淡月雲來去”的美好春夜裏，他欣賞所愛的人蕩鞦韆，“飄揚血色裙拖地，斷送玉容人上天”。紅裙拖地，玉容上天，上飄下蕩，動作輕盈，既見出伊人技藝之高超，更見出她神采之飛揚。這一幕動人心弦的鞦韆往事當然已經烟消雲散，但是如今觸景感懷，相思之情又自然流露，這相思之情萬縷千絲，不但理不出個頭緒來，而且在人世間幾乎都安排不下它。懷人主題至此水到渠成，相思之情如水銀瀉地，充滿人間。

評解

從表面上看，這只是一首寫暮春夜晚漫步的小詞，但詞人手法高明，生動地表達了詞中主人公抑揚起伏的感情。從前三句的抑轉爲後三句的揚，微雨清風、淡月流雲、桃李芳菲都用來烘托主人公的情思。在情景無限交融中，展示了主人公情緒的變化。寫到聽聞鞦韆聲裏的輕聲笑語，詞境再一轉，拓出畫面之外的新場景，從而引出翻江倒海的相思來。至此我們纔恍然大悟，他爲什麼“乍過清明”就“早覺傷春暮”了，原來是有這樣一段隱情在內。能如此不動聲色地寫出人心中抑揚起伏的感情來，確屬不易。表面上看來，這些直抒胸臆的詞句好像都是平鋪直敍，但由於景色映襯得當，遂有深婉流美之緻。

作者將深刻的生命憂患與苦悶的情感交織，此詞一個突出的特點是用反襯法。蕩鞦韆者的歡聲笑語、無憂無慮，反襯主人公的相思之苦、傷春情緒。“數點雨聲”兩句寫景極見功力，正如俞陛雲所說：“上半首工於寫景，風收殘雨，以‘約住’二字狀之，殊妙。雨後殘雲，惟映以淡月，始見其長空來往，寫風景宛然。”（《南唐二主詞輯述評》）雨過天晴、淡月昇空，本是平常之景，經李煜妙筆點染，看來便如詩如畫。“約住”二字新奇，不說雨停了，而說是風將雨“約住”，意味深遠，頗見爐錘之妙。人們本來就覺得春光流逝得太快，而雨摧百花，則春光更顯短促。春風吹散雨意，彷彿是在邀約細雨停歇，有意要延長春光的美麗。這就寫出了春風的多情和善解人意。雨過天晴，明月初昇，浮雲在空中來回流動，時而遮住月光，時而又放出月色，這種自由飄逸的景色，讓主人公寂寞沉重的心情鬆弛了下來。“朦朧淡月雲來去”一句，將雲與月的流動變化描繪得十分柔美、貼切。北宋張先的名句“雲破月來花弄影”，似乎可從此句找到源頭。

阮郎歸

東風吹水日銜山，春來長是閑。
落花狼藉酒闌珊，笙歌醉夢間。

佩聲悄，晚妝殘，憑誰整翠鬟？
留連光景惜朱顏，黄昏獨倚闌。

題解

《阮郎歸》又名《醉桃源》《碧桃春》。此詞又見於馮延巳《陽春集》、歐陽修《歐陽文忠公近體樂府》、晏殊《蘭畹集》。五代、北宋時期，像這種一首詞作被分别歸入不同詞人名下的混亂情况並不罕見。據晨風閣本《南唐二主詞》注："呈鄭王十二弟。"鄭王即李從善，是南唐中主李璟的第七子，家族中排行第十二，故稱十二弟。明胡震亨《唐音癸籤》卷十三《唐曲》列有《搗練子》《阮郎歸》《賣花聲》《蝶戀花》，下注"四曲見李後主詞"，認爲這首詞是後主所作；《全唐詩》也列爲李後主詞。今從之。按上述説法，本篇寫的是對被拘北國的七弟李從善的懷念之情。但由詞的内容來看，理解爲一首閨怨詞也是可以的。

阮郎歸（東風吹水日銜山） 詞意圖　蕭惠珠 繪

【句解】

東風吹水日銜山，春來長是閑

春風吹動著水面，夕陽半落入山間，春日生涯總是這樣地清閑。此詞寫閑中的閑散寂寞，意境清麗淡雅。開篇“東風”一句境界開闊，好似一幅夕陽銜山圖：遼闊的湖面上東風吹拂，微波蕩漾，一輪紅日從湖畔遠山上冉冉落下。“日銜山”像是一個特寫鏡頭，捕捉住了斜陽漸漸降落山頭時的輝煌壯觀氣象。“春”字點明季節，也暗示傷春的心理。“長是閑”，既是主人公的生活狀態，也是一種心理狀態。閑而無事，則容易引發寂寞傷感的情緒。

落花狼藉酒闌珊，笙歌醉夢間

眼前一片落花狼藉，酒意也接近闌珊，詞中主人公整日只是沉醉於笙歌醉夢之間。“落花”句由遠景轉入近景，“落花狼藉”令人想到庭院內落花淩亂的景象，同時也可以體會到，這一句也是在暗示春光流逝的迅急和環境的冷清無人。“落花”是主人公所見，“酒闌珊”則是主人公所感。酒興已盡，醉意漸來，不由回想起往事。“笙歌醉夢間”可以有兩種理解，一種理解爲：過去成天笙歌相伴，快樂逍遥，而今歡樂不再，衹有在醉夢之中還殘留著一絲記憶；另一種理解爲：主人公意緒全無，內心苦悶難排，惟有沉醉於笙歌醉夢之間。

佩聲悄，晚妝殘，憑誰整翠鬟

環佩聲漸漸消失，意味著某人已遠去；而主人公晚妝散亂，有誰來幫助重新梳妝、整理翠鬟呢？這一句寫出主人公黯然傷神、坐卧不安、無以爲寄的心情，可見其心情是多麼頹喪。詞從上闋對周邊環境的描寫轉到了眼下，佩聲消失，晚妝殘亂，生動地描摹出閨中人黯然傷神、無心理妝的慵倦模樣。“憑誰整翠鬟”其實透露出一種自暴自棄之意，意謂既然衹剩獨自一人，索性懶得對鏡梳妝了。借用閨中人的心理來表達對遠行者的思念之情，本就是中國古典詩詞中常用的手法。

留連光景惜朱顔，黄昏獨倚闌

還是好好珍惜這不多的春光吧，愛護好自己的青春容顔；然而這種寬慰的話改變不了這樣一個事實，黄昏時分仍然衹剩自己一個人依偎著欄干，獨自面對這暮春時節的黄昏。“朱顔”，指紅潤美好的容顔，這樣的容顔衹有年輕的時候纔會擁有；這裏特地指出要“惜朱顔”，要表達的自然是珍惜寶貴時光、“盛年不重來”的意思。結尾語句帶有自我勸慰的意思，却難以掩飾主人公心中的沉痛，這種話與其說是在自我勸慰，毋寧說更多的是在表達無可奈何之情，要“留連光景”、要“惜朱顔”，醉生夢死到頭來終究是空歡喜一場，留給自己的仍舊是無盡的痛苦，還不如好好珍惜眼前的時光；“黄昏獨倚闌”，雖然是孤寂一人，但是欄干之外的風光還是無限美好的，乘著春未盡、人未老，且盡情地欣賞吧。

評解

這首詞被認爲是李煜寫給他的弟弟李從善的。近代人俞陛雲說：“詞爲十二弟鄭王作。開寶四年，令鄭王從善入朝，太祖拘留之。後主疏請放歸，不允。每憑高北望，泣下沾襟。此詞春暮懷人，倚闌極目，黯然有鴒原之思。煜雖孱主，亦性情中人也。”將這個背景交代得比較清楚。

詞中流露出一種美人遲暮、無如其何的哀傷。“東風吹水”描摹的是一種物象，但也從側面透露出了春天的到來在主人公的心中激起的波瀾。“一年之計在於春”，春天裏人們總該有所作爲，然而詞人却說“春來長是閑”，且這種“閑”並非自己主動追求的，而是被迫接受的，更易使人産生“身閑心不閑”的煩憂。明卓人月編《古今詞統》卷六引徐士俊語：“後主歸宋後，詞常用‘閑’字，總之閑不過耳，可憐。”本篇雖寫在歸宋之前，但當時南唐面臨強敵壓境的危急局勢，情形也好不到哪兒去。“春來長是閑”一句透露出了詞人無盡的苦悶。這是一種無以爲寄的情懷。

春天就這樣在碌碌無爲中悄然流逝，而自己却日日沉浸於笙歌醉夢中聊以度日。詞人的哀愁在“落花狼藉酒闌珊，笙歌醉夢間”這一句中達到了極點。接下來，他類比無心理妝的閨中人，給自己提出一番委婉含蓄的勸告，但光景難留，朱顔易老，主人公所能做的，也不過是黄昏倚闌，目斷斜陽，仍然無法斷絶那種無可奈何的懷念和憂傷。李後主是深情之人，這首詞寫得委婉曲折，透露出深切的關愛、寬慰之情。

清平樂

別來春半，觸目柔腸斷。
砌下落梅如雪亂，拂了一身還滿。

雁來音信無憑，路遥歸夢難成。
離恨恰如春草，更行更遠還生。

題解

這首詞寫離情別恨，天然渾成，是李煜的代表作之一，也是抒發離愁別恨的名篇。後人多認爲這首詞是後主懷念其弟李從善人宋不歸而作。

清平樂（別來春半）詞意圖　馬泉繪

【句解】

別來春半，觸目柔腸斷

詞的起首點題，“別來春半”，點明離別之事與離別之時。自離別以來，春光已經逝去大半，觸目所及的景物，無不令人柔腸寸斷。接下來詞人便開始抒發別離之情。眼前的大好春光，衹會觸動人的情思，勾起對往事的無限回憶；回想過往的美好時光，對比如今的情狀，難免會有物是人非之感，這怎能不叫人柔腸寸斷呢？這一句是主人公濃厚的思念之情的宣泄，奠定了整首詞哀婉凄惻的基調。

砌下落梅如雪亂，拂了一身還滿

主人公獨自一人，站在小庭深院的臺階上，身旁的白梅已經紛紛飄落，散亂的花瓣飄墜如雪。黯然傷神之間，花瓣竟墜滿了衣襟，主人公將其拂去，可不多一會兒，紛紛揚揚的落花又將衣襟沾滿。落花拂之不去，正如同主人公心中的離愁揮之不去一樣。這兩句仿佛一個細節逼真的慢鏡頭，在無聲無息之間，主人公憂愁紛亂的心境已經一點點地呈現於讀者的眼前。此句寫離愁不斷，在情感上像極了《楚辭・九歌・湘夫人》開篇所說：“帝子降兮北渚，目眇眇兮愁予。嫋嫋兮秋風，洞庭波兮木葉下。”

雁來音信無憑，路遙歸夢難成

鴻雁歸來，離去的人兒依舊杳無音信；彼此各在天一涯，千山萬水的距離過於遥遠，使得離人即便想在夢境中歸來重逢一次，都是那樣的困難。這一句也暗指詞人的美夢難以成真。“音信無憑”寫主人公翹首盼望，却苦無所得；“歸夢難成”寫主人公心中極其渴求，亦難以成行。這兩句將主人公的愁思逐步加以深化，頗爲真切；“路遥歸夢難成”尤爲妙筆，夢本來就是虛無飄渺之物，夢中何來“路遥”？而詞人偏反其意説之，將“歸夢難成”的原因歸結爲“路遥”。夢中尚且如此，則現實中相逢的希望該是如何渺茫，這不難想象。從中可以見出詞人對現實的絕望，以及他內心深處無限的悲涼。

離恨恰如春草，更行更遠還生

心中的離愁別恨，就像是漫無邊際的春草，人越是嚮遠處行走，越覺得這遍野的春草生長茂密，難以窮盡，難以穿越。結句將“離恨”比喻成“春草”，堪稱絶妙。離恨盤曲鬱結，恰如春草的細碎茂密；離恨綿密無邊，又如春草的廣袤無垠。上闋將驅不散、揮不去的離愁比喻成拂去還滿的落梅，與結尾處這個“春草”之喻有异曲同工之妙。自古以來，春草的形象便被衆多的文人騷客們用來寄予離情別恨。早在漢末《古詩十九首》中就有“青青河畔草，綿綿思遠道”；又如《楚辭》中淮南小山的《招隱士》：“王孫游兮不歸，春草生兮萋萋。”王維的《山中送別》又化用和發展了《招隱士》：“春草明年綠，王孫歸不歸？”

到了李煜這裏，更進了一層。前人還只是單純地借用“春草”這個意象，而李煜則將“春草”不斷生長、廣袤無迹的特性提煉出來，用以指代離愁綿綿不斷，使得抒情對象更加具體，從而在表達效果上立刻鮮活了起來。李煜的這種表現手法，後來不斷地被詞人們借用，像北宋秦觀的《八六子》“倚危亭，恨如芳草，萋萋剗盡還生”，即從李煜此句脫胎而來，歐陽修的《踏莎行》結句“離愁漸遠漸無窮，迢迢不斷如春水”，亦可追泝到李煜的這一句。

評解

這首《清平樂》專寫離情，想象豐富、新奇，妙語迭出，而且語言流暢自然，毫無斧鑿之痕。近人唐圭璋評論說：“此首即景生情，妙在無一字一句之雕琢，純是自然流露，豐神秀絕。”（《唐宋詞簡釋》）此篇確爲佳作。首句寫“別來春半”，總攝全篇，點明時節，接下來便因景觀情，由“觸目”引出眼前的實景。“砌下”這兩句，以眼前的景物爲喻，形象地描繪出主人公矛盾惆悵的內心世界，富有藝術想象力，遠比直接抒發感慨來得更形象動人。近人俞平伯把這兩句“戲謂之攝影法”（《讀詞偶得》）。下片詞牌的韻脚由仄聲轉爲平聲，主人公的情緒顯得更爲沉痛悲哀。詞人寫“鴻雁”、寫“歸夢”，都是對心中的無限思念的一種寄託。詞的結尾，感情導嚮更深更遠處，詞境至此，可謂回環婉轉，一波三折。無邊的離情，正像是漸行漸遠、綿綿無盡的春草一般，嚮天涯蔓延。以紛紛的落梅和萋萋的芳草，將揮之不去、永無盡期的離恨生動地表現出來。詞調與情調如此吻合，真達到了詞的極緻，正如俞平伯所說“‘更行更遠還生’，以短語一波三折，句法之變換，直與春水春草之姿態韻味融成一片，外體物情，內抒心象，豈獨妙肖，謂之入神也”（《讀詞偶得》）。

採桑子

轆轤金井梧桐晚，幾樹驚秋。
晝雨新愁，百尺蝦鬚在玉鉤。

瓊窗春斷雙蛾皺，回首邊頭。
欲寄鱗游，九曲寒波不溯流。

題解

《採桑子》爲唐教坊大曲，首見於《全唐詩》。宋澤元校本《草堂詩餘》、玄覽齋本《花間集》作《醜奴兒令》，《類編草堂詩餘》注“一名《羅敷令》”，《全五代詩》題作《羅敷豔歌》。《花草粹編》於此調下題有“秋怨”兩字。此詞一說爲牛希濟作，見《詞林萬選》卷四；《古今詞統》注云“一刻晏小山”，但是今傳本晏幾道《小山詞》未載此詞。侯文燦本《南唐二主詞》將此詞與《虞美人》並列，注其後云：“以上二詞墨迹在王季宮判院家。”則此詞當爲李煜所作。這是一首述離情的詞，與《阮郎歸》一樣，也被認爲是懷念入宋不歸的鄭王李從善之作；由詞的內容來看，同樣也可以理解爲一首閨怨詞。

採桑子（轆轤金井梧桐晚）詞意圖　王本傑 繪

【句解】

轆轤金井梧桐晚，幾樹驚秋

轆轤、金井、梧桐，這三種事物構成了一幅晚秋圖景。“轆轤”爲井上汲水的工具，而“梧桐”在古人心目中，往往與“金井”相生相伴。這一幅肅靜的畫面，表現了主人公心中難以名狀的秋思。詞中的主人公是一位女子。接下來一句“幾樹驚秋”，則是給這幅蕭颯的晚秋圖加上一點動感效果，實際上也是對主人公愁思的深化。一個“驚”字，打破了金井旁的寂靜。“驚”是沙沙的落葉，是雨打梧桐，或者兩者兼而有之。起首兩句，總共衹用了一個動詞，便是這個“驚”字。受此一“驚”，主人公心中的愁思便悄然而起。

晝雨新愁，百尺蝦鬚在玉鈎

接踵而來的是閨中人無盡的愁情離思。這無盡的愁思與連綿的秋雨交織在一起，教人如何排遣？她獨坐於深閨，窗外的秋聲將她一點兒一點兒地吞噬。她索性將簾捲起，凝神望嚮遠處，轆轤、金井、梧桐在秋雨的籠罩下，時隱時現。“蝦鬚”是簾的代稱，因簾子的形狀頗似蝦的鬚，古人便常常用蝦鬚來指代簾。

瓊窗春斷雙蛾皺，回首邊頭

“瓊窗”，精美的窗子；“春斷”，意謂明媚的春光與主人公就這樣被生生地割斷開來。詞的開篇已經把季節背景交代得很清楚，這是令人憂鬱的深秋時節；此時回望春天，它對於主人公來說，是那麼地遥不可及。曾經美好的生活亦如這無情的季節一般，一去不複返。想到這些，主人公不禁微微皺斂起了雙眉。“回首邊頭”是進一步表明心迹，“邊頭”指遥遠的地方，有的版本也作“邊關”，前人多由此判斷這首詞是爲了懷念北去的鄭王從善而作。從這個角度理解，這首詞便不再是一首單純的抒發思婦情懷的詞，而有了另外的寄託。

欲寄鱗游，九曲寒波不溯流

“鱗游”，古人有鯉魚寄書的傳說，“鱗游”在這裏指代書信。“九曲”當指黃河。彼此如今是天各一方，無緣相見，惟有將一份思念寄託於書信之中，希望能以此聊解愁情離思。筆端至此，主人公似乎稍稍得到些寬慰，可是隨即陷入更加深沉的苦悶之中：九曲黃河，滔滔寒波，送信的魚兒如何能够逆流而上？主人公的愁思最終被這滔滔的黃河之水淹没，最後一絲希望也破滅。

評解

這首詞從户外之景入手，展開一幅晚秋圖。接下來由樹入秋而心“驚”，到晝雨含“愁”，將主人公的愁思情懷寄於秋天風物之間。她見秋風吹落樹葉而心驚，見秋雨而生綿綿不斷的新愁。窗簾就像是一個媒介，將户外景與室内人聯結在一起，也將連綿的秋雨與孤獨的心靈聯結在一起。主人公的心浸透於秋水中，她的憂愁也隨之分不清、化不開。過片“春斷”之“春”，並不是實指季節，而只是一種象徵，寓指美好的事物或理想的失落。閨中思婦獨守瓊窗，青春白白地在寂寞的守望中流逝，看不到希望，也找不到生命的滿足。她眉頭緊皺，是失望的表現，更是心酸的流露。回想邊塞征人，連年在外，已久無音訊，於是閨中思婦想寄書問訊。可是山重水隔，音訊難通，她衹能在孤獨和寂寞中守望、等待。李後主對其弟從善的感情，正像是思婦對於長年在外的征人一般。情深如此，無怪乎明人李攀龍評價這首詞說“觀其愁情欲寄處，自是一字一淚”（引自《南唐二主詞彙箋》）。

虞美人

風回小院庭蕪綠，柳眼春相續。
憑闌半日獨無言，依舊竹聲新月似當年。

笙歌未散尊罍在，池面冰初解。
燭明香暗畫樓深，滿鬢清霜殘雪思難任。

題解

這首詞以描摹景物爲主，寫景中之情。明人沈際飛在《草堂詩餘續集》卷下評語中說："此亦在汴京憶舊乎？華疏采會，哀音斷絕。"這首詞似當作於南唐亡國之後。作爲亡國之君，李煜失去的不僅是故國江山，他連自由、尊嚴也一併失去了，内心自然祇剩無盡的空虛和灰暗。

虞美人（風回小院庭蕪綠）詞意圖　馬泉 繪

【句解】

風回小院庭蕪綠，柳眼春相續

春回大地，庭院的小草開始蘇醒，伸展它嫩綠的身姿；柳芽兒也不甘示弱，抽出新芽，似乎在與小草一唱一和。“相續”二字，仿佛是說春光就從眼前嚮遠處連綿不斷地伸展開去。春日的明媚與生命的氣息，在庭院中輕輕蕩漾著。這是一幅洋溢著生機與希望的春景圖。

憑闌半日獨無言，依舊竹聲新月似當年

春光美好，可是面對這美景，主人公又墜入無限的回想之中。“竹聲”依稀可聞，“新月”依稀可見，難道又回到了當年？可如今的他分明只是一個囚犯而已，日日除了倚著闌干，獨守囚室，他還能做什麼呢？歡聲笑語不再屬於他，流年美景亦不再屬於他，衹剩下舊時的月色與曾經的簫聲，留給他依稀回憶。回首往事衹會增添無盡哀愁，回憶愈是美好，相形之下現實便愈顯得殘酷；面對這樣的景色，叫他如何來排遣餘下的時光呢？亡國前後對比，景物依然，物是人非，形成鮮明的對照。

笙歌未散尊罍在，池面冰初解

纏綿的笙歌似乎仍在耳邊縈繞，佳餚美酒分明還擺在眼前，恍惚中，一切又像是回到了從前一般。“尊罍”，酒壺和酒杯，代指美酒佳餚；罍是古代一種酒器，形狀像壺。然而詞人自己也清楚，這不過是幻象。這樣一個初春的夜晚，堅冰始泮，春意未濃。

燭明香暗畫樓深，滿鬢清霜殘雪思難任

紅燭明滅，檀香瀰漫，畫樓深處似乎有往事若隱若現。原來剛纔的笙歌、尊罍，不過是一場夢而已。主人公望著鏡子中自己如清霜殘雪般的鬢髮、憔悴不堪的面容，不禁陷入了深深的哀思。詞的結尾陡然將畫面轉到現實中來，曾經的笙歌醉夢，早已灰飛烟滅。虛實之景，眼下心前，兩相對照，愁思苦情自然款款流出。

評解

這首《虞美人》，詞意比較朦朧隱晦，與李煜亡國之後多數作品直抒胸臆的風格有所不同。開篇寫“憑欄”所見初春景色：小院裏春風回蕩，地上小草泛著綠色，柳葉也冒出新芽，柳枝隨風招展——這一切都使主人公感到，春天又來了。然而盎然的春意並不能驅散他心頭的愁雲，正如古人所說，用樂景反襯哀情，倍增其哀。主人公獨自憑欄“半日”而“無言”，可見其心情的沉重。我們仿佛看到，一位面容憔悴的中年男子，臨風獨立，默默無語，臉上的神情痛苦不堪。

到了晚上，新月初升，小院裏風吹翠竹，聲聲入耳。主人公依然獨立欄邊，回想著往事。這耳畔竹聲，眼前新月，與當年南唐宮廷裏的景象何其相似。神思恍惚之中，他的思緒回到了當年，眼前又浮現出往日歡樂的場面：池塘裏春風蕩漾，薄冰初融；池畔嬪妃圍坐，酒杯交錯，笙歌齊作；君臣同樂，不知今夕是何夕。“燭明”二句場景陡轉，寫憑欄後轉回室內。畫堂裏明燭高照，爐香裊裊，場面或許仍不失富麗。但這裏寂靜無人，没有一絲生氣。詞人對鏡自照，滿鬢白髮，使他意識到自己年老體衰，生命行將消逝的悲傷不覺襲上心頭，莫非此生將老死於此？命運真是捉弄人啊，一國之君變成了俘虜，從天上墜落到人間地獄，這樣孤獨寂寞、悲傷屈辱的日子何時是個盡頭？他的內心翻江倒海，種種愁緒，使他幾乎無法控制和承受。

李煜後期的詞作，都深深打上了他的生命烙印。這些詞已超越了普通詞作娱情寄興的功能，而變成一種抒發自我人生感受的特殊形態的抒情詩。這首詞的結構分三層，開篇三句爲一層，寫眼前景；中間三句回憶往事，其中“依舊”一句折合今昔，自然過渡到對往事的回憶；結尾二句又回到眼前。這一結構與詞人心緒的變化正相吻合。俞陛雲在《南唐二主詞輯述評》中評論“依舊竹聲新月似當年”“滿鬢清霜殘雪思難任”兩句說：“此詞上下段結句，情文悱惻，淒韻欲流，如方干詩之佳句乘風欲去也。”

烏夜啼

昨夜風兼雨，簾幃颯颯秋聲。
燭殘漏滴頻欹枕，起坐不能平。

世事漫隨流水，算來一夢浮生。
醉鄉路穩宜頻到，此外不堪行。

題解

如後主許多寫愁寄恨的詞作一樣，這也是一首回憶往事、抒寫情愁的作品。從詞中所描繪的場景來看，大概是降宋之後作爲俘虜被幽禁於汴京時所作。

烏夜啼（昨夜風兼雨）詞意圖 馬援 繪

【句解】

昨夜風兼雨，簾幃颯颯秋聲

昨夜風雨交加，竹簾幃幕外到處是颯颯的秋風。亡國之君心中鬱結的是無盡的隱痛，每逢秋風秋雨的時節，心中自然更加凄涼。開篇寫景，風雨如晦，秋風蕭瑟；“昨夜”點出時間，表明這是作者回憶昨夜的情形。

燭殘漏滴頻欹枕，起坐不能平

直到燭火殘滅、更漏斷絶的深夜，他仍是輾轉難眠，頻頻斜靠在枕頭上；無論坐起還是躺下，心境都無法平静下來。詞人敘述自己一夜輾轉反側、難以入眠的情狀。燭火已殘滅，更漏也已滴斷，表明夜已深，時間已過去很久，但是，他的心情却無法隨著時間的流逝而平静下來。莫非是這風雨如晦的漫漫長夜，令他如此心緒不寧，不由得起坐頻頻？

世事漫隨流水，算來一夢浮生

在這樣一個秋風蕭瑟的深夜裏，詞人輾轉難眠，回想自己這一生，身世悲辛之感來得分外濃烈。浮生若夢是古人常常提起的，如今在詞人李後主的身上却真真切切地得到了驗證。他不禁道出心中的鬱結，原來這世事果然如水，浮生真的若夢。這一句抒發心曲，直白無隱，宛如一聲長嘯，又像是高唱出來的詠嘆調。似乎唯有這樣，纔能暫時釋放他心中的苦悶。“世事”或是指鶯歌燕舞，或是指家破國亡，抑或兩者皆是。總之，往昔的一切都隨流水一去不再複返，而今算來，今生竟有如虚夢一場。

醉鄉路穩宜頻到，此外不堪行

這世上，也祇有醉鄉的路纔是平穩的，應當多去走一走；除此之外，再也没有什麼值得走的路了。言外之意，除了借酒澆愁，在醉夢中討生活，詞人對人生已不抱任何希望和幻想。由此可以感受到他心中的苦悶。可是“醉鄉路”又在哪兒，真有所謂的“醉鄉路”嗎？話說到這個地步，可知李煜的情緒真是悲觀到了極點。他甚至覺得，在這個人世間竟然已没有一條可以供他安穩行走的道路，他祇有一次又一次地从醉夢中去尋求，似乎唯有這種方式纔可以給他帶來僅有的一點點安慰。

評解

這首詞表現的是李後主對人生的感悟，情境和諧，細節傳神。上片以倒敘的方式開篇，寫“昨夜”風雨交加，風聲、雨聲等“秋聲”陣陣，傳入簾內，構成一種淒凉的氛圍。“燭殘”二句由室外景轉入簾內景。室內殘燭搖曳，光影昏暗，說明已是夜盡更闌時分；主人公還在枕上翻來覆去，表明他徹夜未眠。失眠人情緒本來就煩躁，而窗外的秋風秋雨，彷彿點點滴滴都敲擊在失眠人的心上，更增其苦楚。“‘起坐不能平’句，寫盡抑鬱塞胸，輾轉無眠之苦”（唐圭璋《唐宋詞簡釋》）。心頭的煩悶無法開解，“起”來揮之不去，“坐”下也無法平靜。“起坐”一句包含兩個細節動作，傳神地寫出失眠人久久無法平靜的心境。

下片轉入沉思。回想人生世事，往日的南唐王國早已土崩瓦解，曾經擁有的一切輝煌、幸福都已灰飛烟滅。這人生世事，有如流水不返，好似夢境虛無。所謂“一夢浮生”，就是後來蘇軾詞中所說的“人生如夢”。夢的特點有三，一是短暫，二是易變，三是不可把握，“一夢浮生”則將這三個特點轉到對人生命運的認識上去，李煜意識到，人生同樣具有短暫性、易變性和不可把握性這幾個特點。近人唐圭璋在《唐宋詞簡釋》評論說：“後主詞氣象開闊，堂廡廣大，悲天憫人之懷，隨處流露。”因爲自己的特殊身世，李煜對人生命運的悲劇性和悲劇的不可避免性有深刻的體驗，他對未來早已失去信心，在現實中又找不到解脫、超越痛苦之路，衹好遁入醉鄉，以求得暫時的麻醉和忘懷。意識到人生的悲劇性，却無法加以任何改變，這可說是李煜的又一大人生悲劇。

破陣子

四十年來家國，三千里地山河。
鳳閣龍樓連霄漢，玉樹瓊枝作烟蘿。
幾曾識干戈？

一旦歸爲臣虜，沈腰潘鬢消磨。
最是倉皇辭廟日，教坊猶奏别離歌。
垂淚對宫娥。

題解

這首詞作於亡國之後。李煜自從降宋爲虜，便失去人身自由，過著被幽禁的屈辱生活。曾經貴爲一國之君的李後主，難以面對這種嚴酷的現實，却又回天無力，身體日漸消瘦，鬢髮日益斑白。他經常沉浸於對故國的懷想中，這種對往日山河家國、笙歌華殿念念不忘的深痛情感，終於使他招緻最後的殺身之禍。這首詞以回憶往事爲主，詞的重心則落在回憶當時被俘的情形上，表現了李後主作爲一個亡國之君所面對的屈辱和苦痛。整首詞直抒胸臆，一氣呵成，是詞人感情最真切的流露。

破陣子（四十年來家國）詞意圖 廖鬆崗 繪

【句解】

四十年來家國，三千里地山河

花了近四十年的時間建立起來的南唐，曾經擁有三千里的廣闊疆土。開篇兩句，先從南唐的歷史與疆域著筆，寫得氣勢沉雄，與下文相對照，更見出情辭悲壯，隱隱透出李後主對於先祖和人民的悔恨之情。南唐自先主李昇建國（937年）至後主李煜亡國（975年），一共存在了三十九年，最強盛時，其所轄疆域達到三十五州，號稱方圓三千里。李煜生於南唐烈祖李昇昇元元年，也就是南唐建國那一年；到南唐亡國之時，他也正值三十九歲。無論對於李煜個人，還是對於南唐這個國度，"四十年來家國"都是實指。

鳳閣龍樓連霄漢，玉樹瓊枝作烟蘿。幾曾識干戈

雕龍繪鳳的樓閣高高聳立，直入雲霄，仿佛正連著星漢；繁茂多姿的綠樹猶如雲霧繚繞，烟聚蘿纏。這兩句道盡後主昔日帝王生活的繁華奢靡。隨後一問，情緒馬上跌入谷底："我又何曾見識過干戈？"言下之意是說自己對於行兵打仗一點兒也不懂。李煜自從當上國君，從未想過要勵精圖治，備戰保國。面對北方趙宋政權強大的武力逼迫，他和他的臣子們祇會委曲求和，苟延殘喘。這一段前後對照是如此鮮明，先描述的是江南一片富庶繁華的景象，可是緊跟著的，却是聲淚俱下的悲語，讀者甚至可以想象李後主在道出"幾曾識干戈"這句話時的無奈與哀嘆。另一方面，"幾曾識干戈"也說明李煜媚宋求和，所以他在位十五年，絕無戰事，繁華富庶的江南地區承平日久，人民安居樂業，根本不知道什麼是戰爭。可是戰爭到底躲不過，戰火一燒過來，"鳳閣龍樓""玉樹瓊枝"都在刹那之間成爲記憶。"幾曾"二字，下語沉痛。

一旦歸爲臣虜，沈腰潘鬢消磨

一旦亡國作了臣虜，腰身也消瘦了，鬢髮也斑白了。亡國之痛、臣虜之辱折磨著李煜的內心，這一句是他臣虜生活的真實寫照。這位感情敏感而又脆弱的昔日國君，在這種含悲飲恨的俘虜生活中，自然祇能是身心俱疲，意冷心灰。這兩句裏用了兩個典故，一個是"沈腰"，指腰肢消瘦，出自《梁書·沈約傳》，沈約在寫給徐勉的信中稱自己老病"百日數旬，革帶常應移孔，以手握臂，率計月小半分"；另一個是"潘鬢"，出自晉潘岳《秋興賦》"斑鬢髮以承帽兮"，指鬢髮斑白、容顏見老。

最是倉皇辭廟日，教坊猶奏別離歌。垂淚對宮娥

回首往事，最不堪忍受的場景，就是在準備出降、匆忙辭別太廟的時候，教坊的樂師們吹奏起別離的歌曲；而李後主不禁流下眼淚，面對那些昔日陪伴他共度歡娛生活的宮娥。教坊的音樂是李煜平日裏所鍾愛的，然而此時的笙歌已經不能給他帶來歡樂，這種情感正像他在《望江南》中所說，“心事莫將和淚說，鳳笙休嚮淚時吹。斷腸更無疑”，衹會徒然增加別離的悲哀。

“倉皇辭廟”這個場景對李煜來說是最慘痛的記憶，從此在他的內心深處留下深深的烙印，時時刻刻縈繞在他的腦海，是他揮之不去的陰影。而對這個場景的追憶，也說明李後主深刻地認識到了自己的懦弱無用。他前面所有的敘述，都是爲了給這一句作鋪墊。直到成爲俘虜的那一刻，他纔猛然從夢中驚醒。殘忍的現實，使得他衹能“垂淚對宮娥”。這幾句詞，生動地刻畫出一個懦弱、淒惶、可憐而又可恨的亡國之君的形象。

評解

此詞的上片幾乎可看成是歷史實錄，寫得辭意沉雄，氣象宏大。結構上前四句極力鋪陳故國河山、宮殿樓閣的壯麗輝煌，上片結拍處一句“幾曾識干戈”，也是順著前面豪華安逸的宮廷生活而來，至此峰回路轉，承上啓下，引出下片屈爲臣虜的情景。此處轉折之妙，在於自然流走，絕無拗折痕迹。結構的轉變，反映出詞人命運的劇烈變化，文情可謂相得益彰，或許還驗證了一句老話，“國家不幸詩家幸”。

下片寫歸爲臣虜之後的處境。李後主不直說生活的困窘、心情的惡劣，衹以外貌的消損變化來表現。據《宋史·南唐世家》記載，李煜被俘入宋後，曾嚮宋太宗訴說生活貧困，太宗命令增加他的月俸。可見李煜被俘後不僅行動上受監視，精神備受折磨，同時物質生活也不寬裕。鬢白腰瘦，既是精神的折磨所緻，也是物質的匱乏所緻。最後三句，又由眼前折回過去，臨別南唐時的情景仍歷歷在目。倉皇離開金陵時的慘痛情景，總是像蟲子一樣齧咬著他的心，讓他無法忘懷。那是他從天堂掉進地獄的關口。後來蘇軾責怪李煜說，他離開金陵時本應該嚮其國民謝罪，而不應該“垂淚對宮娥”。但是對宮娥垂淚，既是李煜當時真情實事的寫照，也正符合他懦弱、苟安的性格。

全詞明白如話，而感情却深曲鬱結。李煜詞之所以有語淺情深的藝術效果，主要在於他能直率地披露親身感受。落到歸爲臣虜的下場，他實已無路可退，因而也就不必再退，反而可以通過填詞直抒胸臆。讀李煜的詞，往往能感受到一種開誠相見的情愫與毫不掩飾、絶無拘束的勇氣。

近人唐圭璋在《唐宋詞簡釋》中評價這首詞說："今昔對照，警動异常。"這首詞對比手法的運用效果十分明顯。上片極言太平景象，家國統一、山河廣闊、宮闕巍峨、花草豔美，反襯出詞人被俘後的凄凉悲苦，從而揭示了他綿綿不盡的哀愁的源頭。這種手法也被廣泛地運用在李煜後期的詞作當中，可以看出他那強烈的今昔之感。

李煜亡國之後所寫的詞作，貴在直抒胸臆，率真誠摯，很少采用比興之類隱晦婉曲的表達方式。吴梅《詞學通論》便指出了他這一特點："二主詞，中主哀而不傷，後主則近於傷矣。然其用賦體不用比興，後人亦無能學者也。"吴梅將後主詞這種"直抒胸臆"的手法稱爲"賦體"。李煜晚期詞直抒胸臆的背後，蘊涵著一種觸動人心的強烈的震撼力。這首《破陣子》即是純用"賦體"的典範。

望江梅

其一

閑夢遠，南國正芳春。

船上管弦江面淥，滿城飛絮輥輕塵。

忙殺看花人。

其二

閑夢遠，南國正清秋。

千里江山寒色遠，蘆花深處泊孤舟。

笛在月明樓。

題解

《望江梅》又名《望江南》或《憶江南》。李煜用這個詞牌所填的詞現在能够見到的一共四首，其中兩首名《望江梅》，首句相同，爲聯章詞；另外兩首名《望江南》，也是聯章，但首句有异。《全唐詩》將四首併作兩首，並且統一調名爲《憶江南》。但是從格律上看，這四首所用的韻各不相同，因此本書仍將它們看作四首詞。

望江梅（二首） 詞意圖　甘雨辰 繪

李後主作兩首《望江梅》詞的時候，南唐已經亡國，身爲俘虜的他被囚居於汴京，第一首詞中所寫內容是身處异鄉的李煜對江南春景的回憶与想象；第二首則表現江南清秋的美景。像一幅清疎淡雅的山水畫，這同樣出於李煜的回憶和想象。

【句解】

其一

閑夢遠，南國正芳春

兩首《望江梅》均以“閑夢遠”開頭。“夢”是李煜詞中用得比較頻繁的意象。李煜將“夢”看作一種解脫的方式，因爲衹有在夢中，他纔能暫時逃離這悲凉嚴酷的現實，暫時回到那美好的過往生活中去。這首詞一開始，“閑夢”便將讀者帶入詞人所營造的幻境之中。爲何是“閑夢”呢？很多人認爲，這裏的“閑”是閑得無聊、閑得無奈之“閑”，這個“閑”字，衹不過表明這場夢是所謂的白日夢罷了。或許詞中的主人公，也就是亡國之君李煜，某日對著窗外正凝望得出神，一時間思想開始游走，以至於腦海中突然浮現出了遥遠故國的江南春色。“南國正芳春”，一個“芳”字，將春天百花盛開、姹紫嫣紅的盛况點了出來。花容萬千，花姿百態，花香更是沁人心脾。這個“芳”字使人們仿佛看見了春天裏令人繚亂迷醉的美景。

船上管弦江面渌，滿城飛絮輥輕塵

李煜把夢中江南之春的第一幅場景選在了春江上，在夢幻中，他的記憶飛馳到江南的秦淮河畔，那裏畫舫如鯽，游人如織。春江碧清的水面，承載著小船上的燈火和歡聲笑語。回蕩在水面的是美妙的笙簫管弦之聲。

接下來，詞人又將目光轉嚮岸上，抓住春風楊柳、飛絮滿城的景色，進一步寫出江南春景之媚。“輥”，即“滾”。“滿城飛絮輥輕塵”是對真實場景的形象描寫，同時也是暗寫春風。他並没有直接寫春風，但那一“飛”、一“輥”，已經使人覺得春風撲面、無所不在了。“輕塵”翻滾，除了春風吹拂的自然因素外，更多的應該是人爲的因素。春色的美好，人人皆嚮往，游人多了，自然便掀起了滾滾飛塵。如此說來，這裏其實還是借物來寫人，游船、管弦、飛絮、輕塵，都意在說明春景之盛、游人之多。這樣描寫，便與下面一句自然地銜接起來。

忙殺看花人

春天是百花盛開的時節，在駘蕩的春風裏觀賞百花，的確是最賞心悦目之事。所以詞人不説花朵如何地美，却從側面寫看花人如何地多、如何地忙，由此即可知春花之吸引人，没用一個字直接寫花，已將花的美寫到十分。李煜越是將江南春景回憶得繁華熱鬧，越是襯托出他當下的孤寂和難堪，以及失去江山、離鄉背井的無限惆悵。

其二

閑夢遠，南國正清秋

在這一首裏，詞人筆下的江南正是秋高氣爽的時節，這時候江南風光總的特色是“清”。這裏説的“清”，兼有清澈明朗和清凉爽快的意思，概括出秋天的景色和氣候兩個方面的特點。正是因爲“清”，詞人纔能將這秋景看個清清楚楚，也纔能將這秋景生動地描繪出來。

千里江山寒色遠，蘆花深處泊孤舟

詞人從大處著墨，首先描繪遠景，給千里江山敷上一層寒色，勾畫出江山秋晚圖。所謂的“寒色”，乃是清冷之色。“寒色遠”的“遠”，既説明寫的是遠景，又是對千里江山皆寒色這種秋景的一種模糊的度量，它與“閑夢遠”的“遠”在内容上有内在的聯繫，以掩映在一片寒色之下的千里江山之遠來説明閑夢之遠。其次是中景，“蘆花深處泊孤舟”既是寫自然景物，也是寫人的活動。“舟”而謂之“孤”，除了從數量上指出這是一葉孤舟外，也暗點舟中人的孤獨。使人不由想象其身世的漂泊凄苦、心情之酸楚悲凉，况且這孤舟泊於蘆花深處，則其孤獨凄苦更可想而知了。“孤”在情調上與前面的“清”“寒”完全一緻。

笛在月明樓

秋月當空，銀輝如瀉，高樓之上忽然傳來笛聲，那悠揚的笛聲忽高忽低，時斷時續，如泣如訴。吹笛人的心靈在怎樣顫動，聽笛人的心情就在怎樣激蕩。古代詩人多通過笛聲來寫離别之情，故魏晉時嚮秀《思舊賦》，有感於鄰人吹笛之聲嘹亮，嘆而賦曰：“聽鳴笛之慷慨兮，妙聲絶而複尋。”唐人亦有“吹笛秋山風月清，誰家巧作斷腸聲”（杜甫《吹笛》）等句。詞人在這裏表達的也是一種思念故園的眷戀難舍之情，它已隱含於笛聲之中了。

評解

兩首《望江梅》的寫法基本相同，都是先對景色作一個總的概括，然後從三個不同的方面加以具體描寫。兩首詞所不同的，在於它們的色調和情調，前者寫春景，以歡快爲主；後者寫秋景，以凄清爲主。由此造成的意境也不同。

至於兩首詞皆以“閑夢遠”起首，除了說明詞中的景色乃是以夢憶的形式出現之外，這一“閑”一“遠”都還寓有深意。“閑夢”的“閑”是清閑、空閑，是無所事事、整天閑得難受的“閑”，這就清楚地說明了夢的性質。這夢乃是從昔日的“不閑”到現在的“閑”的產物，是從帝王至尊降到階下囚之後的戀舊，是往昔的繁華化爲如今的回憶之後的追憶。至於“遠”，除說明夢的悠長、夢中地域的廣大之外，還說明所夢憶的乃是遠逝的過去。可以說，“閑”“遠”兩字都隱隱透出一股思舊懷故之情。由此也可以判定，這兩首詞確係李煜作於歸宋之後。筆下描寫的江南越美，則越可見其故國情思之苦。

第一首寫江南春景，藝術匠心主要體現在景物的選擇和畫面的佈置上。如果泛泛地說江南春景美麗動人，既不能給人留下鮮明深刻的印象，也缺乏打動人心的藝術力量。更何況白居易當年已寫過名作《憶江南》：“江南好，風景舊曾諳。日出江花紅勝火，春來江水綠如藍。能不憶江南。”藝術是不宜重復的，李後主當然不能再著眼於江花、江水的描寫。另外，《望江梅》是篇幅很短的小令，也不容許詞人大事鋪陳。於是，李煜精心選取了兩個場面，著力表現江南春日的狂歡氣氛。清人陳廷焯評這首詞說：“寥寥數語，括多少景物在內。”（《詞則・別調集》）此詞以江南特有的澄净江水作背景，以畫船傳出的陣陣嘹亮的樂曲描繪湖上的熱鬧，以滾滾輕塵來烘托城裏車馬如潮、游人如織、爭相外出賞花的盛況。“船上管弦”，令人聯想到北宋柳永《望海潮》詞中“羌管弄晴，菱歌泛夜，嬉嬉釣叟蓮娃”的情景。李煜所寫的兩個場景，突出的是同一個主題：江南社會的繁榮與人心的安樂。他借往日的狂歡來撫慰今日心靈的傷痛。

第二首詞裏，“千里江山”是遠景，滿湖蘆花、孤舟停泊是近景；月下樓中吹笛，則是畫面的主體。船泊於蘆花深處，體現的是逍遥自在的精神；月夜吹笛，笛聲悠揚，則盡顯風流瀟灑。唐劉禹錫詩云“自古逢秋悲寂寥”，而此詞盛讚江南秋色，因爲這是後主被俘入宋後的追憶和回想，與歸爲臣虜的悲慘遭遇相比，過去的一切都顯得那麼美好。他借夢中的美景來補償已失去的歡樂，正所謂“夢裏不知身是客，一晌貪歡”了。

望江南

其一

多少恨，昨夜夢魂中。
還似舊時游上苑，車如流水馬如龍。
花月正春風。

其二

多少淚，斷臉複橫頤。
心事莫將和淚說，鳳笙休嚮淚時吹。
腸斷更無疑。

題解

這兩首《望江南》，也都是李後主亡國歸宋之作。《望江南》原名《謝秋娘》，乃唐李德裕爲歌妓謝秋娘所作。白居易作同調的詞，末句云“能不憶江南”，因而把這個詞調改名《憶江南》，後來溫庭筠又易其名爲《望江南》。李煜詞中《望江南》《望江梅》爲同一詞調，單調二十七字，至宋始有雙調《望江南》。

望江南（二首）詞意圖　馬援繪

李煜這兩首《望江南》，風格和內容接近，因此有人認爲這兩首詞實屬聯章詞，即內容、形式上有密切聯繫的兩首同調詞。第一首重在追念昔時故國的繁盛景象，第二首則重在抒發今日亡國爲虜的淒清境況。據說李煜因念及舊宮嬪妃的悲苦，因而作此詞對其作勸慰之語。後主此時已是亡國臣虜，自顧不暇，却仍有心來安慰他人之悲，其一片痴心可見。後人謂李煜亡國後所作的詞，乃以血寫成，語語真切，出自肺腑。這兩首《望江南》即是這樣的作品。

【句解】

其一

多少恨，昨夜夢魂中

開篇直抒胸臆，“多少恨”下筆突兀，如聞其聲，令人不覺一驚。“昨夜夢魂中”，說明詞人的滿腔悲恨都源自昨夜的一場夢。

還似舊時游上苑，車如流水馬如龍

昨夜夢中，詞人仿佛還在舊時上苑中游玩，游園盛景歷歷在目。南唐上苑繁花似錦，香車寶馬，鳳輿鸞駕，車蓋相連，連綿數里，好一派熱鬧繁華的景象。“還似”引出夢境。“車如流水馬如龍”爲唐人蘇頲《夜宴安樂公主新宅》詩中原句，語出《後漢書·皇后紀》明德馬皇后詔“車如流水，馬如游龍”。後主完全襲用，一字不改，却也妥帖自然，不著痕迹。

花月正春風

春風和煦，月明如水；如此花好月圓之夜，大家游興甚酣，完全忘記了歸去。“花月”“春風”中間插入一個“正”字，不僅道出時值游玩的黃金季節，而且暗示此時亦是游人興緻淋漓的時刻。以一句景語收結全篇，無形中又將游樂推嚮高潮，而全詞就在這個高潮時刻戛然而止。懷有某種期待的讀者，面對這個陡然收煞的結尾，難免會有某種突然落空的感覺，於是回頭細繹開篇，纔發現，原來起句中作者用力道出的“恨”，竟然就隱藏於這樣一片繁華景色中。

其二

多少淚，斷臉複橫頤

“斷臉複橫頤”，寫盡眼淚縱橫交流的樣子。“斷臉”，淚水涌流，界斷了臉上胭脂；“橫頤”，淚水縱橫交流，使得面容一片模糊，“頤”指臉頰。“斷”“橫”二字狀痛哭之狀如畫。李後主長於用寫意、傳神之筆，但偶用工筆，亦極善刻畫。此句與前一首的起句看似形式相同，其實結構大有不同。前一首是恨由夢生，而這兩句完全從正面刻畫描寫，淚水縱橫交流於臉頰，“複”字更加突出淚水連綿不絕的樣子。詞人極度傷心，無處排遣，惟有日日以淚洗面。在他想來，那些舊宮嬪妃們也應該如此悲苦。

心事莫將和淚說，鳳笙休嚮淚時吹

“鳳笙”，相傳蕭史、弄玉夫婦吹簫，簫聲引動鳳凰，後人便以“鳳笙”指代笙簫，比喻笙簫的聲音美妙動聽。心中的痛楚能够嚮誰訴說呢？和著眼淚，不說也罷；鳳簫聲聲，如怨如訴，流淚傷情之時還是不要吹的好，因爲這樣衹能令心中的悲痛加重。“莫將”“休嚮”看似告誡他人的語氣，實則是詞人在提醒自己。

腸斷更無疑

若真是要和淚而說，含淚而吹，那一定會使自己肝腸寸斷，這是無疑的。詞人不住地這樣勸慰自己，同時也勸慰別人，可是他真的能說服自己麼？他最終還是没能說服自己，不但說了，而且說得很明白、很痛切，遂惹來殺身之禍。唐圭璋在《唐宋詞簡釋》中評論說：“‘斷腸’一句，承上說明心中悲哀，更見人間歡樂，於己無分，而苟延殘喘，亦無多日，真傷心垂絶之音也。”

評解

第一首追念故國昔日繁盛景象，全篇却著眼於一個字“恨”，用“多少恨”引領全篇。從“還似”以下皆言夢境，“夢中盛況，衹用‘還似’綰住，靈動异常”（唐圭璋《論詞作法》）。作者並未著力於寫他的“恨”如何如何，而是極力寫出昔日之歡樂熱鬧，則今日的痛苦凄凉自不待言。末句以一句景語收結，以夢境而結束，似乎預示著，等待詞人的將會是夢醒後加倍的痛楚。有此一頓，整首詞便由字面的鮮亮，轉而跌入字面之外那深沉的憂思之中。清人陳廷焯評論這首詞時說：“後主詞一片憂思，當領會於聲調之外，君人而爲此詞，欲不亡國也得乎？”（《詞則・別調集》）讀這首詞時，應該在“聲調之外”，也就是字面的昔日繁華之外，領會詞人没有說出的“一片憂思”，這個結論是相當精闢的。但他又說，這首詞是所謂“亡國之音”，似乎將它看作李煜降宋之前的作品，這樣理解就不够準確了。

同樣寫悲痛，第二首的筆法却與前一首完全不同，前一首可謂以樂景寫哀，其哀倍增，而“此首直哀音，淒厲已極。誠有類夫春夜空山，杜鵑啼血也”（唐圭璋《唐宋詞簡釋》）。詞人直接由“淚”入手，極盡描摹之能事，“斷臉”“橫頤”，儼然在目。隨後他又勸慰和告誡自己：心事不必再說，鳳笙不必再吹，那些難言之隱、淒厲之音，還是含淚吞下吧。“斷腸”一句，直截了當，詞人明白，人間歡樂早已與自己無分，世間雖大，對他來說再也沒有任何希望可言，這的確是“傷心垂絶之音”。

烏夜啼

林花謝了春紅，太匆匆。
無奈朝來寒雨晚來風。

胭脂淚，留人醉，幾時重。
自是人生長恨水長東。

題解

這是一首即景抒情的小令，語言清新，情調哀怨，意味深長。詞人以出於“赤子之心”的天真之詞，描繪春殘花謝的自然景象，抒寫了一種對美好事物轉瞬即逝、無法追回的嘆恨之情，極富感染力，令人千載之下讀之，仍難以爲懷。

烏夜啼（林花謝了春紅）詞意圖　孫志卓 繪

【句解】

林花謝了春紅，太匆匆

這句表面上是嘆息好景不常，實際上是詞人借此興起傷感懷抱。它的作用在於領起全句，爲全詞定音。它的感染力在於引發讀者追懷春日盛景，全方位地描繪暮春的衰頹氣象，激發傷時嘆世之情。“林花”從空間著眼，“春紅”就時間落筆；“謝了”關合人情，“太匆匆”則歸於述志。作者通過這首詞所要透露的意思，就上片而言，是“無奈朝來寒雨晚來風”；就下片而言，則是“自是人生長恨水長東”。前一句是因，後一句是果，因果分明，令人徒喚奈何。美好的事物總是更容易遭受厄運，自然界是這樣，人世間也是這樣，“太匆匆”既是惜花人面對落花的直感，也是失意人借物抒懷的心聲：爲什麼好景不常，即匆匆消逝呢?

無奈朝來寒雨晚來風

林花凋謝委地，却並不是因爲花自然開、自然謝的規律，而是因爲遭到朝來寒雨晚來風的侵襲。這是對摧殘林花的淒風冷雨的控訴，然而這種控訴又是無力的，“無奈”的。爲什麼？因爲風雨交加，早晚相繼，也是自然界慣見的事情，對此詞人自然是無力回天。在風雨之前加上“無奈”一語，便將“夜來風雨聲，花落知多少”這樣淡淡的惜花情懷推嚮了極緻，比起“無可奈何花落去，似曾相識燕歸來”的哀婉情調，“無奈朝來寒雨晚來風”多了一份怨懟的情緒。這種怨懟情緒，是包含了抗爭失敗的心情在裏面的。

胭脂淚，留人醉，幾時重

落花敵不過“朝來寒雨晚來風”的侵襲，凋零在潮濕的泥土上，泛出暗淡殷紅的顏色，像一汪汪胭脂淚，這是遭受劫難後留下的悲哀的痕迹。李清照詞云：“昨夜雨疏風驟，濃睡不消殘酒。試問捲簾人，却道海棠依舊。知否？知否？應是綠肥紅瘦。”李煜和李清照都可謂“護花使者”，都有惜花之情，然而在李清照的詞中，找不到“胭脂淚，留人醉”這樣沉重的心情。白居易《長恨歌》寫到楊貴妃“宛轉蛾眉馬前死”時，也寫唐明皇“君王掩面救不得，回看血淚相和流”。李煜通過“胭脂淚，留人醉”這句所要抒發的感情，實際不正是他自己的身世之痛麼？對自己遭受的厄運，他何嘗不是“回看血淚相和流”呢？“幾時重”這一問，看似存有希冀，實際上不過是絕望中的哀鳴，無望中的守望。

自是人生長恨水長東

花開花落，代謝更新，生生不已，這是自然界的規律，可是，這種規律又怎能用來解釋人事呢？李煜通過自己亡國爲虜的慘痛經歷，已經悟到這樣一個道理：一旦歸爲臣虜，勢必無力振起，從此後陪伴自己的將是綿綿無盡的遺憾和悔恨，這也就是他所說的“人生長恨水長東”。對於命運，他抱持完全悲觀絶望的態度。

評解

李煜善寫凄婉哀怨之詞，在這方面，他可以說是中國詞人中最出色的一個。清人陳廷焯評價說“後主詞凄婉出飛卿之右”（《詞則・大雅集》）。從表面上看，這是一首惜花詞，實質則是李後主表達對人生命運看法的詠嘆詞。春花易逝，而人生苦短；春花受冷雨凄風的無情摧殘，却無法逃避，而人一旦失去原有的地位、失去自由，也衹能任人宰割，無法掌握自己的命運。花落難再開，人的好時光、青春年華也不可能重來。李煜從自己的人生經歷中已深切地感受到，其實人的生命跟花一樣脆弱，命運跟花一樣無奈。“人生長恨”即是他對人生命運的深刻感悟。

這首詞在傳統的傷春主題上再加發揮，另辟新意。春花匆匆凋零，並不是因爲它的自然壽命原本短暫，而是冷雨狂風等外力摧殘的結果。李後主由此朦朧地感悟到，人生命運的悲劇在很大程度上也是由外在的力量帶來的。當然，他還不可能真正省悟到他個人和國家悲劇的根本原因，也不可能深思他自己該負什麼責任，然而比起苟且偷安的時代，他的思考確實已經深入得多。春花美麗，讓人心醉，可它們終歸會枯萎、消失；人生的輝煌、幸福的命運也同樣會一去不複返，到頭來衹會留給人無窮無盡的“長恨”。在李煜看來，人生長恨就好像水長東流，這是一種不可改變、不可抗拒的趨勢。他爲此而感到困惑迷茫。他已找不到人生的出路，不知路在何方。

子夜歌

人生愁恨何能免，銷魂獨我情何限？
故國夢重歸，覺來雙淚垂。

高樓誰與上？長記秋晴望。
往事已成空，還如一夢中。

題解

《子夜歌》又名《菩薩蠻》，兩者异名而同調。李煜寫過幾首《菩薩蠻》，還有兩首《子夜歌》。既然是同調，爲何又要題不同的名稱呢？原來，這兩個异名同調的詞牌之間畢竟還是有些差别，主要的差别在於兩者所表現出的風格。比起《菩薩蠻》的正式莊嚴，《子夜歌》更偏於民間曲子詞的風格，率真自然、通俗平易。這首詞是李後主亡國入宋後所作，主要抒寫亡國的哀思。整首詞明白如話，不加修飾，本色天然，讀來却又使人感到意味深長，令人黯然銷魂。

子夜歌（人生愁恨何能免）詞意圖　馬泉繪

【句解】

人生愁恨何能免，銷魂獨我情何限

起首兩句，便將古往今來之人以及自己的一生加以概括，提出人生無法免於愁恨傷痛的觀點。生而爲人，便會有愁有恨，可是詞人的情形却並非如此。“銷魂”指因過度刺激而神情恍惚，如魂欲離體，這裏用來形容極度痛苦的情狀；“何限”意同無限，“魂銷獨我情何限”，是說自己的愁恨多而強烈，世上没有誰像自己這樣痛苦；常人只是難免有時會有愁恨，自己却時時刻刻都在痛苦之中，幾乎没有歡樂之時。常人的愁恨還可以忍受，自己的痛苦却已到了無法忍受的程度。李後主自從淪爲趙宋的囚徒，他人生的苦難便開始了。命運弄人，他面對自己的不幸遭遇，在經歷了痛苦而深切的生命體認過程之後，醒悟到一切控訴掙扎，終究都無力回天。人生苦短，總是無法避免爲憂愁悵恨所糾纏，但像作者李煜這樣，被迫忍受無盡的痛苦折磨的，畢竟還是少數，難怪他要仰天長嘆“銷魂獨我情何限”。

故國夢重歸，覺來雙淚垂

在夢中，他又回到朝思暮想的江南故國；醒來後所面對的，却是身困异鄉的悲慘境遇。此情此景，使詞人不禁潸然淚下。李煜入宋後在寫給金陵舊宫人的書信中說，“此中日夕衹以眼淚洗面”。其心情的沉痛可以想見。信中所說，還只是泛言自己平時的情形；而寫這首詞的時候，情形又有點特殊，因爲他夢到自己回歸故國，在夢中，他似乎又成爲一國之君，恢複了舊時的尊嚴。然而令他深感痛苦的是，醒來發現自己仍是敵國之囚，由頂端一下跌到最底層，由養尊處優變成卑賤屈辱。這是多麼強烈的對比！這今昔之感深深刺痛了他的心，使他心碎腸裂，淚流滿面。日有所思，夜有所夢，夢境正是現實的投影。這說明作者無時無刻不在思念著故國，夢裏越是歡樂，醒來就越是痛苦，於是又無時無刻不陷於極度的悲痛。

高樓誰與上？長記秋晴望

如今又有誰能與我同上高樓？李後主自問。他回想昔年秋高氣爽、晴空萬里的佳日，他攜周后登臨遠眺，那時的自己是何等意氣風發，與如今身陷囚籠、孤苦無奈的境遇相比，真有天壤之别。乍看之下，下闋似與上闋文意不甚相接，思維有些跳躍，實則下闋開頭這兩句就是對昨夜重回故國夢境的具體說明。昨夜夢到過去在故國秋日登樓遠眺的好日子，醒來後回憶夢境，想起昔日那些美好的生活場景，不禁悲嘆，現在再也没有人同他一道登樓了。“誰與”即“與誰”，這一句使用反問來表示否定，“高樓誰與上”就是無人與我同登高樓。詞人昨夜所夢到的，並不一定衹有登樓一事，但此事顯然勾起了他太多的回憶。正因爲如此，夢醒後他還會特别提起，念念不忘。當然，這件事恐怕也是他平日就時時記挂的事，所以它纔會在夢中出現。回想過去作爲一國之君晴秋登樓，必然有儀仗前導，嬪妃簇擁，武士衛護，大臣跟隨，那是何等威風、何等氣派，昔日的榮華富貴，與今日的困境形成強烈的對比，夢中有多少歡暢適意，醒來便有加倍的孤寂凄凉。

往事已成空，還如一夢中

追憶往事，發現它們已成一場浮夢，夢醒之後，夢中那些輕快的情緒彷彿都變成了無形的壓力，一次次加重詞人的痛楚。過去的一切已成虚幻，往事如夢，任憑你如何輕聲呼唤、深切嚮往，它們都再也不會重來了。明知道往事不堪回首，却又偏偏無法忘却，甚至還下意識地想在其中尋找幾分安慰，這是更大的悲哀。李煜後期的詞全以懷念故國爲内容，其中寫夢回故國的即有四篇之多，足見作者無時無刻不因思念故國而傷心流淚，直至最後在淚水中結束了他的生命。

評解

李後主生命的最後兩年中，他變成一個經歷了大苦惱、大悲痛的傷心人，所作之詞都堪稱是用血淚寫成的。這首詞寫夢歸故國和夢醒後的悲哀，字字句句都凝著血淚。李後主特别擅長描摹心理狀態。他不拘泥於寫瞬間的心緒，而是刻畫出其中細微的變化。這首詞頗能代表這一特色。人們夢醒時，夢境猶存腦際，會自然因之而生悲喜怨怒之情。上片寫的就是這種情形。詞從夢醒後的悲嘆寫起，然後再説昨夜的夢，這樣便增強了悲嘆的語調，加重了作者所想表達的悲痛之情，同時又避免平鋪直敘，詞的結構有所變化。當然，就此詞而言，作者本意不過是實寫當時景况而已，起初並未想到“章法”、結構之類問題，猶如人情急時搶地呼天，絶無閑暇去挑選詞句，所有詞句均是直抒胸臆，不假雕琢。李煜後期的詞多屬此類。這也是他不同於其他詞人的最大特色。

詞人先是痛定思痛，然後試圖尋求解脱，却未料到夢醒更痛。他登臨遠眺，不免睹物傷情；沉思往事，却如夢境複來。唐圭璋對這首詞的評價是："此首思故國，不假采飾，純用白描。但句句重大，一往情深。"（《唐宋詞簡釋》）後主入宋後的詞作中，常常流露出一種深深的孤獨感，從"無言獨上西樓"（《烏夜啼》）到"獨自莫憑欄"（《浪淘沙令》），還有此詞中的"高樓誰與上"。彼時的後主仿佛終日形影相弔，踽踽獨行。生活中的孤獨無伴更強化了他心靈深處的孤獨感。他這樣寫，並不是故作姿態，而是他的生活便是如此，他詞中那些孤寂的情感，早已被生活的苦酒浸透了。

浪淘沙

往事只堪哀，對景難排。
秋風庭院蘚侵階。
一任珠簾閑不捲，終日誰來。

金鎖已沈埋，壯氣蒿萊。
晚涼天浄月華開。
想得玉樓瑶殿影，空照秦淮。

題解

這首詞也是李後主被俘到汴京後所作，描寫他受監禁的凄苦生活，以及懷念故國的哀痛心情。從創作風格來看，這首詞情調比較悲壯，整篇直抒胸臆，一氣呵成。

浪淘沙（往事只堪哀）詞意圖 馬泉繪

【句解】

往事只堪哀，對景難排

往事回想起來，只令人徒增哀嘆；即便面對多麼美好的景色，也終究難以排遣心中的愁苦。一句“往事只堪哀”，表達出李後主無盡的悔恨。此時的他，心中該是被沉重的亡國哀痛壓得無法暢快呼吸了吧？不然，又怎會面對美好的景色，仍感到心中的愁悶無法排遣呢？

秋風庭院蘚侵階。一任珠簾閑不捲，終日誰來

秋風蕭瑟，冷落的庭院中，爬滿苔蘚的臺階，觸目可見。門前的珠簾，任憑它慵懶地垂著，從不捲起，反正整天也不會有人來探望。秋風吹來，蕭條的庭院越發顯得冷清，苔蘚已經漸漸爬滿了臺階，暗示這裏已經很長時間没有人來往走動了。“終日誰來”，其實是主人公的自問自答。因爲他明明知道，這裏是不會有什麼人來的。看似平常的一句描述，其中包含的却是作者心中巨大的失落感和深深的孤寂感。

金鎖已沈埋，壯氣蒿萊

横江的鐵鎖鏈，已經深深地埋於江底；豪壯的氣概，也早已付與荒郊野草。作者突然將筆鋒一轉，直接道出自己心中苦悶的根源：捍衛國家的防線早已經崩潰，曾經的壯志也隨之消失殆盡。“金鎖”，鐵鎖鏈，三國末吴國試圖以鐵鎖鏈横斷長江，以阻擋西晉水軍，結果遭到失敗，鐵鎖鏈被燒斷後沉入江底。南唐與吴同以金陵爲首都，這裏借用吴亡的典故，哀嘆南唐兵敗國亡。“壯氣”即王氣，“蒿萊”指野草。這兩句化用唐劉禹錫《西塞山懷古》詩意“千尋鐵鎖沉江底”“金陵王氣黯然收”。

晚涼天净月華開。想得玉樓瑶殿影，空照秦淮

傍晚的天氣漸漸轉涼，這時的天空是那樣的明净，月光毫無遮攔地灑滿大地。此時此刻，想起故國河山，想起往昔歲月，詞人腦海中浮現的，是月光下倒映在美麗的秦淮河中的玉樓瑶殿的影子。“玉樓瑶殿”指南唐的宫殿。“空”是空寂之聲的意思，也可以理解爲徒然地、無奈地。既然早已國亡人散，那舊時宫殿縱然仍投影於河中，又有何意義呢？

評解

這仍然是一首悵然於今昔對比的感傷作品，與李煜同類詞作相比，這一首風格較爲悲壯，境界也比較沉雄闊大。清陳廷焯評“往事只堪哀”句說：“起五字凄婉，却來得突兀，故妙，凄惻之詞而筆力精健，古今詞人誰不低首。”(《詞則・雲韶集》)指出此詞兼具凄婉與精健的特色，認爲就憑這點，李煜就足以超過衆多詞人。

上闋寫被囚禁的凄清悲苦之情，起首兩句開門見山地道破全詞的主旨，回首往事，只有悲哀，面對此情此景，心中的愁苦無法排遣。正如《虞美人》中說怕見“春花秋月”一般，因爲見了，不免要懷想過去的美好生活，而悲不自勝。昔日貴爲國君，今日却淪爲臣虜，“往事”與今日的處境兩相照映，令人悲恨無盡。曾經的帝王生活一去不複還，因此纔有“只堪哀”之感。後主內心的糾葛“剪不斷，理還亂”，這種辛酸苦澀，真是“對景難排”！“秋風庭院蘚侵階”，可知久無人迹來往，以緻臺階上都長滿了苔蘚，反襯出主人的孤寂。爲避免觸景傷情，敏感的主人索性不再將屋簷前的珠簾捲起來，就聽憑它垂在那兒。“終日誰來”道出了詞人複雜的內心世界，他一邊用珠簾來逃避外界，一邊却又暗自抱有僥幸的心理：說不定還是會有人前來探望和安慰他吧？這一句心理描寫用筆輕靈，傳達出非常微妙的心曲。

下闋轉而寫這位亡國之君的故國之思。他借用三國時孫吴用鐵鎖鏈抗拒晉軍失敗的史事，表達對南唐抗拒宋師的軍事行動失敗的惋惜之情。經此一敗，南唐的王氣消失殆盡，他本人僅有的一點壯志也隨之磨滅。這說明，李後主已經有意識地深刻反省自己當年偏安一隅的得失。南唐舊時的宫苑早已塵封土掩，蒿萊没徑。詞人看到眼前碧空無雲、月華如洗的大好秋光，不禁想象，在這一輪朗月照射下，那些舊日宫殿還是會在秦淮河上投下倒影吧？這種想法折磨得他痛苦不堪。

虞美人

春花秋月何時了，往事知多少？
小樓昨夜又東風，故國不堪回首月明中。

雕闌玉砌應猶在，只是朱顏改。
問君能有幾多愁？恰似一江春水向東流。

題解

這是李煜所寫的一首感懷故國的詞作。詞人以形象的比喻、詰問的口吻、悲憤的情懷、激宕的格調，將亡國之君的悲痛抒發到極緻。根據宋王銍《默記》的記載，這首詞是促使宋太宗下令毒死李煜的原因之一。從這個意義來說，這首千古傳誦的名作也可以視爲李煜的“絶命”詞。

虞美人（春花秋月何時了） 詞意圖　高向陽 繪

【句解】

春花秋月何時了，往事知多少

春花秋月何時纔能有個了結呢？美好的往事總是時時縈繞於心頭，它們總是帶給人無盡的悲傷。“春花秋月”本是美好的事物，但對於李煜來說，却變成了一種美麗的負擔，以至於他不得不痛苦地詰問，它們何時纔能有個了結。從他的遭遇看來，這種看似异常的心理確實是合情合理的。睹物傷情，春花秋月還在，曾經的幸福美好却已成明日黄花。此時此刻，詞人衹是一個俘虜，面對的是前途凶險的幽禁生涯。真正的“春花秋月”已經不再屬於李煜自己，而留給他的惟有綿綿無期的囚禁。春花秋月對他來說，除了引發更多痛苦的聯想之外，還有何意義呢？於是他纔會有“何時了”的長嘆。李煜面對自己被囚禁的現實，便覺得生命中的自由與歡樂，以及人生的價值與目的已經盡被奪去。於是他衹見“無常”，而無視“永恒”。就在這目前難堪、將來未卜的時候，他悲呼道：“春花秋月、年複一年，何時纔是一個了結啊？”紛至沓來的往事縈繞在腦海中，衹給他自己增添了無盡的煩惱。這首詞的開頭一連兩個詰問，問得人驚心動魄，正如俞平伯《讀詞偶得》中所說，“奇語劈空而下”。

小樓昨夜又東風，故國不堪回首月明中

汴京的小樓自然不能够同金陵的宫殿相比。昨夜東風又一度吹起，春天如期而來，但是失去的美好的日子將一去不複返。仰望明月，勾起人對往事無限的回憶，金陵的宫殿，恐怕此時正是在同樣一片月光之下吧。想起自己如今的處境，這清亮的月光竟讓人目不忍視。“又”字道出了囚禁生涯的漫長難挨。

雕闌玉砌應猶在，只是朱顔改

金陵宫殿的雕花闌干、玉石臺階應該都還完好地在那兒吧，可惜的是，曾經擁有它們的主人如今已是朱顔喪盡，衰老不堪了。這裏後主感嘆物是人非的景况，“只是”兩個字道出了他無盡的悔恨與嘆息。與“朱顔”一樣發生巨大變化的是昔日的江山。

問君能有幾多愁？恰似一江春水向東流

最後這一問一答，真是千古絶唱。李後主將鬱積于心頭的亡國之恨、去國之思、失國之辱，全部化入“幾多愁”之中，而這“幾多愁”正像是奔騰不息的一江春水，嚮著東方滔滔流去。對於李煜來說，無論如何列舉，這許多許多的愁都是難以說盡的。於是他將“愁”具象化，化作“一江春水”。這個譬喻十分形象貼切。讀者的面前彷彿頓時展現出一幅波濤澎湃的春水圖，並能立刻感受到詞人所要傳達的那種心潮澎湃、浩淼無垠的愁思。這是李煜作爲天才詞人的直覺創造，也是他的詞作引發歷代讀者廣泛共鳴的地方。

評解

這首感懷故國的詞作以問起，以答結；由問天、問人而到自問，音調淒楚而不無激越，藝術結構曲折迴旋、流走自如，作者沛然莫禦的愁思貫穿始終，形成沁人心脾的美感效應。

誠然，李煜的故國之思也許並不那麼值得同情，他所眷念的往事，總是離不開“雕欄玉砌”的帝王生活和朝暮私情的宮闈秘事。但這首膾炙人口的名作，在藝術上確有獨到之處：“春花秋月”多麼美好，作者却殷切企盼它早日“了”却；小樓“東風”帶來春天的資訊，却反而引起作者“不堪回首”的嗟嘆。因爲它們都勾起作者物是人非的悵惘，反襯出他囚居异邦的愁苦。昔日珠圍翠繞、烹金饌玉，而今長歌當哭、爲階下囚，這些詞句委婉深細地勾畫出作者的心境，寫得真切而又深刻。

結句“一江春水嚮東流”是以水喻愁的名句，含蓄地表示愁思長流不斷，無窮無盡。同它相比，劉禹錫《竹枝詞》“水流無限似儂愁”，稍嫌直率；而秦觀《江城子》“便作春江都是淚，流不盡，許多愁”，則又有說得過盡之嫌。這個富有感染力和象徵性的比喻，將愁思寫得既形象又抽象。說它形象容易理解，之所以說它又是抽象的，因爲作者並沒有明確寫出其愁思的具體內涵，而僅僅展示了它的外部形態。這樣一來，這個比喻就具有很大的彈性、很豐富的騰挪空間，讀者很容易從中取得某種心靈上的呼應，並借用它來抒發自己類似的情感。因爲人們的愁思雖然內涵各异，却都可以具有“恰似一江春水嚮東流”那樣的外部形態。李煜這首詞得以千古傳誦，可以說正是得益於這個妙喻既具體又空靈的特點。

王國維評論李後主的詞，說“後主之詞，真可謂以血書者也”（《人間詞話》）。可以想見，李煜填詞時確乎是盡訴平生的肺腑之情，字字句句都是沾濡著血淚寫成的。正因爲如此，他的作品纔引起了廣大讀者的強烈共鳴。

浪淘沙令

簾外雨潺潺，春意闌珊，羅衾不耐五更寒。
夢裏不知身是客，一晌貪歡。

獨自莫憑欄，無限江山，别時容易見時難。
流水落花春去也，天上人間。

題解

據《西清詩話》說："南唐李後主歸朝後，每懷江國，且念嬪妾散落，鬱鬱不自聊，嘗作長短句'簾外雨潺潺'云云，含思凄婉，未幾下世。"由此可知這是李煜亡國後的作品，創作時間大約在他去世前不久。後主詞常常用明白如話的語言，表達深沉曲折的思想感情；這首被認爲是他絶筆之作的詞，很好地體現了這種風格。全詞以當下的囚徒生活和片刻歡娱的夢境作對比，於宛轉凄苦、低沉悲愴的基調中，道出了亡國之君思念故國的哀痛心情。

浪淘沙令（簾外雨潺潺）詞意圖 戴敦邦 繪

【句解】

簾外雨潺潺，春意闌珊，羅衾不耐五更寒

天色將明時，一陣寒意將詞人從夢中驚醒。耳聽著窗外潺潺的雨聲，他感覺春意已盡，春天似乎又到了盡頭。這寂寞零落的暮春夜雨，讓人覺得有無限凄怨、無限惆悵蕩漾其間。絲綢被子怎能抵擋得住五更天的春寒侵襲呢？“五更寒”也暗指詞人內心的凄涼哀痛。昔日貴爲南唐國君的李煜，過著驕奢淫逸的帝王生活，如今却成爲階下囚。這種生活違背他的本意，不管持續多久，他內心總有抗拒之意，根本不可能適應。

夢裏不知身是客，一晌貪歡

在夢中，他仿佛又回到了舊日歡樂的生活中，暫時忘記了自己此時的艱難處境。他真不願意面對眼前的現實。夢中的歡娱是那樣短暫，讓他無限依戀，又無限失落。由於夢醒，他纔更加留戀夢中的一切。夢裏的“一晌貪歡”，是對往事的沉迷和追憶；一個“客”字，點出了詞人被囚的身份，可憐可嘆。這個亡國之君衹有在夢裏，纔能忘記自己現在身爲异鄉之“客”；也衹有在夢境裏，他纔有機會貪戀曾經的歡娱生活。然而夢中越是歡樂，就越反襯出現實的凄涼冷酷。

獨自莫憑欄，無限江山，別時容易見時難

夢醒後的詞人，唯有憑欄遠眺，思念遥遠的故國山河。但貪戀也罷，遠望也罷，昔日的美好時光，已一去不複返。那生活過近四十年的家園，想再見一面，却比登天還難。爲什麼不要獨自一人憑欄遠眺呢？因爲詞人害怕因憑欄而入目的山川景色，會勾起他對故國的無限懷念，懷念無益，徒增傷感。“無限江山”指南唐的家國山川。詞人所說的“別”並不僅僅是指與親友之別，更是指與故國的無限江山之別。“別時容易”指金陵城很快被攻破，後主倉皇辭廟，被押北上；“見時難”，言明江山易主，亡國之君再想回到金陵絶無可能。“別時容易見時難”一句看似平易，却飽含著作者無窮的痛苦和悔恨，內涵複雜，波瀾暗生。

流水落花春去也，天上人間

正如春水漂送著落花，美好的日子總會遠離自己而去，撫今追昔，唯有傷感無限。這樣落差巨大的身世變化，真的讓人感覺有如天上人間之別。結尾兩句嘆息春歸何處，是照應開篇的“春意闌珊”，同時表達逝者如斯、時不再來的慨嘆。流水、落花、春天都是一去不複返的事物，作者以此比喻自身面臨的厄運，語氣中充滿迷惘無依之感。詞人長嘆水流花落、春去人逝，這不僅是本詞的結束，也暗示著詞人一生的結束；無限凄涼之情，欲言還止。

評解

此詞以倒敘的手法，先寫夢醒後的環境和感受，然後返回去寫夢境。我們可以把上片看作同一時空中叠映的室內室外兩組鏡頭。室外春雨淅瀝，本來就短暫的春光即將在風雨的摧殘之下消散；昏暗的外景更襯托出“春意將闌”時的悲涼冷清。室內則是主人公爲寒意所襲，五更夢醒，耳聽簾外春雨，更覺寒意逼人。“不耐”寫羅衾的單薄，反映生活處境的可憐；而“寒”字兼指氣溫之寒與心理的凄涼悲苦。在現實生活中，詞人時時都處在高度壓抑、禁錮、恐懼、屈辱、悲傷的狀態。他衹能在夢中一晌貪歡，這怎能使他不絶望、不心灰意冷呢？

下片寫天亮後的情景。長夜難熬，白天是否好過一些？長期軟禁孤室的詞人想登樓遠眺，散散心思。“獨自莫憑欄”，是先有憑欄遠眺的願望，後又自我否定。“獨自”憑欄，已没有當年游上苑時“車如流水馬如龍”的喧嘩熱鬧，也没有“花月正春風”的良辰美景，更看不到無限美好的故國江山，極目遠眺，衹能更添孤獨而已。“莫”字用得堅决，更用得傷心。“别時容易見時難”，淡淡的一句，包含了無比豐富的人生感受，意藴遠比李商隱《無題》詩“相見時難别亦難”複雜。李詩指男女戀人之間因受外力的掣肘而難以隨時相見，有怨憤，但不失望；而李煜這裏指的是江山的喪失，以及故國的分離，其中混雜著悔恨、無奈和絶望。詞的最末，以“流水”“落花”“春”三個流逝不複返的意象，進一步表現出李煜對人生的絶望。“天上”與“人間”，是天堂與地獄、歡樂與痛苦對立的兩極世界，也是李煜過去與現在生活境况、心態情感的寫照。清人陳廷焯評此詞説：“一聲慟歌，如聞哀猿，嗚咽纏綿，滿紙血淚。”（《詞則・雲韶集》）頗爲中肯。

相見歡

無言獨上西樓，月如鈎。
寂寞梧桐深院鎖清秋。

剪不斷，理還亂，是離愁。
別是一般滋味在心頭。

題解

這首詞的詞牌題作《相見歡》，又名《烏夜啼》《憶真妃》。因爲李煜此詞中有“上西樓”“秋月”之句，所以又名《上西樓》《西樓子》《秋夜月》。後主被俘入宋後，時時遭受著死亡的威脅，並且伴隨著亡國的悔恨。昔日的君王如今卻要面對階下囚的現實，如此強烈的反差，使他承受了巨大的痛苦。這種痛苦遠遠超過男女之間的離愁別恨，它所包含的是深沉複雜的人生苦難的况味。這首詞深刻地反映了李煜這種精神痛苦。

相見歡（無言獨上西樓） 詞意圖　馬援 繪

【句解】

無言獨上西樓，月如鈎

如果說“別來春半，觸目柔腸斷”使人聯想起繁華中的落寞感，那麼“無言獨上西樓，月如鈎”則衹能讓人聯想到一派凄凉的景象。一彎新月，本來應該給人以美好輕快的感覺，可是前面所敘却是“無言獨上西樓”，於是整首詞立即籠罩在一片哀怨的氛圍中。在這樣一個深秋的夜晚，詞人獨自一人，默默無言登上西樓。天凉如水，他擡頭仰望，天邊懸挂的一鈎新月，隱隱散發出幽冷的光輝。這引發了詞人心中無盡愁思。“舉頭望明月，低頭思故鄉”，詞人又怎能不起故園情，想到昔日的故國山河呢？而今故國衹能化作夢中的情景，他心中不禁凄然。

寂寞梧桐深院鎖清秋

院落裏梧桐，顯得那樣寂寞。用一個“鎖”字，仿佛是說深院關住了蕭颯的秋風，正如詞人心中無盡的離愁，也被這深深的庭院鎖住而無法排遣。這一句看似單純寫景，其實已將詞人的心境不露聲色地透露出來。李清照詞中也有類似的句子：“斷香殘酒情懷惡，西風催襯梧桐落。梧桐落，又還秋色，又還寂寞。”（《憶秦娥》）寫得十分細緻，“西風”“梧桐”“秋色”“寂寞”，層層遞進，具體入微；可是要說到渾成凝鍊，李清照詞終究敵不過李後主這一句“寂寞梧桐深院鎖清秋”。

剪不斷，理還亂，是離愁

“離愁”在詞人這裏也被具體化了，它如同一團亂絲，相互糾結，難以理出頭緒，“剪不斷，理還亂”。這一句的筆法，與詞人《清平樂》中“砌下落梅如雪亂，拂了一身還滿”有幾分相似，衹不過《相見歡》側重於營造意象，《清平樂》則側重於刻畫具體形象。

別是一番滋味在心頭

這一句如同口語，明白如話，却又令人覺得餘味無盡，可見詞人錘煉字句水平之高。詞人心中思緒萬千，難以排遣，衹能將這番痛苦默默咽下。詞人似乎只是籠統地將此刻的心情表述爲“別是一番滋味”，欲言又止，給人感覺却是舉重若輕，涵義無窮。

評解

宋人黃昇《唐宋諸賢妙詞選》卷一說“此詞最淒婉，所謂‘亡國之音哀以思’”，在李煜的詞中，這一首或許並不是最有名，但其情感包容性却很強，讀到“剪不斷，理還亂，是離愁”的妙喻，以及最後一句“别是一番滋味在心頭”，人們幾乎都會被它們所感染。

整首詞彷彿是詞人的心靈獨白，淒涼深婉。深院“鎖”住的不只是深秋的寒意，更是詞人內心深處難以盡訴的深哀巨痛。李後主極善造境，三言兩語就勾勒出一種境界，就像高明的畫家，幾根線條就勾勒出一幅畫。“無言”而“獨上”西樓，寫出异常沉重的孤獨感。“月如鈎”兩句，從視線上看，是俯仰天地，有呼天問地之勢；從意境上說，天上如鈎的殘月，地面深院中的清秋梧桐，構成一個立體的時空。“鎖”字用法精警，含意深長，既見出環境封閉的嚴酷，又寫出內心的高度壓抑。無邊的悲苦長期積鬱封閉在心頭，故接著說“剪不斷，理還亂”，就顯得特别真切自然。就像李清照《聲聲慢》詞結句“這次第，怎一個愁字了得”一樣，此詞於直抒坦陳之中，又讓人覺得有無限的曲折，正如清陳廷焯所說：“淒涼況味，欲言難言，滴滴是淚。”（《詞則・雲韶集》卷一）這是壓抑太久、鬱結太多的愁思的集中迸發，因而具有震撼人心的藝術力量。

整首詞章法、句法都十分簡單，感情自然真切，近乎白描。李後主善於用平常、樸素而又富於表現力的語言，表現深刻而真摯的思想感情，創造出一個和諧完美的藝術整體。這首詞就是典範。“李重光之詞，神秀也”，王國維如是說，並非過譽。